## 이옥남

1922년 강원도 양양군 서면 갈천리에서 태어났다. 열일곱에 지금 살고 있는 송천 마을로 시집와 아들 둘, 딸 셋을 두었다.

복숭아꽃 피면 호박씨 심고, 꿩이 새끼 칠 때 콩 심고, 뻐꾸기 울기 전에 깨씨 뿌리고, 깨꽃 떨어질 때 버섯 따며 자연 속에서 일하며 산다. 글씨 좀 이쁘게 써 볼까 하고 날마다 일하고 집에 돌아와 일기를 쓰기 시작한 지 30년이 넘었다. 글쓴이가 만난 자연과 일, 삶을 기록한 글을 모아 책으로 엮었다.

아흔일곱 번의
봄 여름 가을 겨울

아흔일곱 번의
봄 여름 가을 겨울

이옥남 씀

 양철북

아흔일곱 번째 봄을 살고 있는 사람이 있습니다.

누군가의 딸로 태어나 아내가 되고, 엄마가 되었습니다.

그렇게 한평생을 살아온 사람.

그 사람이 걸어온 길이 여기 있습니다.

세상 모든 어머니들의 길이기도 하고, 우리가 가고 있는 길이기도 합니다.

# 봄

## 투둑새 소리에 마음이 설레고

# 여름

## 풀이 멍석떼처럼 일어나니

# 가을

## 사람도 나뭇잎과 같이

# 겨울

## 뭘 먹고 겨울을 나는지

봄

# 투둑새 소리에 마음이 설레고

# 봄

조용한 아침이고 보니 완전한 봄이구나.
산에는 얼룩 눈이 여기저기 쌓여 있는데 들과 냇가에는
버들강아지가 봉실봉실 피어 있고 동백꽃도 몽오리를
바름바름 내밀며 밝은 햇살을 먼저 받으려고 재촉하네.
동쪽 하늘에는 밝은 해가 솟아오르고 내 마음은 일하기만
바쁘구나.
봄이 오니 제일 먼저 투둑새가 우는구나.
좀 더 늦어지며는 또 제비새끼가 저 공중으로 날아오겠지.

투둑새 : 비둘기

# 풀과 꽃은 때를 놓칠까 서둘고

오늘은 망태 세 개 매고 삼태미 두 개 매고 밭에 풀 좀 매고
어찌나 춥든지 얼른 들어왔지.
앞마당 끝에 해당화 꽃나무는 봄을 재촉하는 이때
잎이 뾔족뾔족하게 파랗게 나면서 빛을 띄운다.
각색 풀잎도 때를 찾아 피우기 바쁘다.
사람은 춥다지만 풀과 꽃은 때를 놓칠까 바쁘게 서둔다.

# 바깥

눈이 오니 마음이 답답하구나.
바깥을 내다보면 더욱 심난한 마음 간절하기만 하네.
날씨가 개이면 밖에 나가 훨훨 다니기나 하지.
겨울 개구리처럼 돌 밑에 잠자듯이 가만히 누워있으니
너무 한가해 바보 같기도 하다.
사람이란 일을 해야지만 힘이 생기고 용기도 나게 매련이지
가만히 누워있으면 바보와 같지 뭐니.
사람은 춥다 웅크리고 방에만 누워 있다가 밖에 나가보니
뭐든지 이젠 봄이야.

# 개구리 먹는 기 입이너

개구리가 울었다고 밀양집 할멈이 와서 얘기했다.
나는 아직 못 들었다. 논에 물이 없으니 개구리가 없다.
그 전에 공수전 갑북이 할멈 살았을 땐 개구리를 구워서
다리를 들고 몸에 좋다고 이거 먹어보라 해서 내가 그기
입이냐고 개구리를 먹는 기 입이너 하고 내밀어 쐈는데,
그 할멈재이도 오래 못 살고 죽었다.

# 남경화

양력 1월 14일 장에 남경화를 한 그루 사다 심었다.

그것을 바라보며 시간을 보냈다.

그러던 어느날 드디어 파란 잎이 파릇파릇 싹이 트더니

3월 12일 되니 빨간 예쁜 꽃몽오리가 피어난다.

처음에는 두 송이 피드니 3일 만에 또 다섯 송이가 되고

4일 만에 열두 송이가 되는구나. 흐뭇한 마음 간절하다.

남경화: 꽃복숭아

## 걱정

유수와도 같은 세월은 참으로 빠르기도 하구나.

구정을 기다리든 때가 어젠 것 같더니 벌써 십삼 일이 되었구나.

또 보름 명절이 곧 다가오겠지.

그리도 기다리든 구정에는 큰아들도 온다고 하고

막내 녀석도 온다니 맘속 깊이 반갑고 고맙고 기뻤지.

이번에는 많은 이야기도 나누고 여러 가지 의논도 하고

즐거운 시간을 가지려고 큰 기대를 걸었더니

막상 대하고보니 그것이 아니다.

큰아들은 오자마자 아버지 산소에 갔다가 와서는

수동집에 잠깐 갔다가 온다더니 그길로 바로 친구 찾아 가서는

밤중에도 아니 오고 새벽 네 신지 와서 밥도 먹은 둥 마는 둥

하고 다시 또 가고 계속 이박 삼일 동안 그렇게 지내다가

가는구나.

제가 웬만하면 일 년 만에 엄마를 만났으면 그래도 무슨 의논

한마디쯤 있을 줄 알았는데 나는 나대로 섭섭했다.

이제는 뭣을 더 바라리. 육십칠 년 동안 무엇 하나

쌓아온 것 없고 남은 것은 얼굴 주름살과 슬픔밖에 없다.

거기다가 큰딸 하나 의지하고 그럭저럭 지냈더니

사위도 왠지 건강치 못하고 몸에 병까지 드니 가슴이 쓰리다.

# 손자 자취방

읍내 손자 자취방에 가서 연탄 백 장을 샀다.

가격은 이만육천팔백 원. 즈이 애비 생각하면 안타까운 마음

뭣에다 비하리. 날씨마저 흐려있으니 마음 답답할 뿐.

이 세상은 남은 다 좋다는데 내 마음은 왜 이다지도 복잡할까

울고만 싶네. 날짐승이나 됐으면 어디론가 훨훨

날아가 버리지. 봄철은 차츰 다가오고 온갖 새 짐승 소리는

들려오는데 이 심정은 어쩌면 좋으려나.

에라 밭에나 나가보자. 등에다 두엄 지게를 지고 가려니

숨은 하늘에 치닫고 다리는 후들후들 떨리네.

이것저것 다 그만두고 북망산천 어서 갔으면 좋겠다.

고요한 밤이 되면 잠은 오지 않고 개구리 울음 소리만

처량하다. 창밖에 내다보면 파란 맑은 하늘에는 별만이

반짝거릴 뿐 젊었을 때는 봄이 되면 잠이 나빠서

언제나 잠 좀 실컷 자보느냐고 했드니 나이가 드니

아무리 잘려 해도 잠은 오지 않고 잡념만 생기는구나.
밭에는 모든 풀들이 때를 찾아 시간을 다투면서 파릇파릇
세상 밖에 나오느라고 바쁘건만.

# 속초 장

날씨가 맑고 따뜻했다. 속초 장에 갔다.
건추와 모든 것 수입은 만오천 원, 점심값 천이백 원,
가고 오고 차비 제하니 만삼천 원 수입 된다.
겨우 의료보험과 전화요금은 되겠다.
그래도 비료와 밭갈이는 아직도 어디서 어떻게 매련할지
모르겠다.
아침에는 경기도 작은며느리한테서 전화가 왔다.
그래도 돈 이야기는 못했다.
어트게서라도 내 힘으로 살아보려고 노력이 드는대로
있는 힘을 다 써서 하는데까지 해 봐야지.
저녁에는 텔레비와 시간 보내고 낮에는 호미 들고
밭에 가는 기 취미 생활이다.

# 나간 돈

금년 들어서 내 손에서 나간 돈이 형주 할아버지 사망에
삼만 원, 또 탁영화 사망에 삼만 원, 행상인지 뭔지
둘러매이게 해서 동네 사람들이 또 행상 안 맨다고
벌금 이만 원 내고, 또 잔칫집에 이만 원 갖다주고 그래다보니
내 손에서 꼭 십만 원이 나갔네.
한 푼 벌지 못하면서 쓰는 것은 힘 안 들게 잘도 쓴다.


행상: 상여

# 봄나물

앞밭에서 나생이를 캐 가지고 또 쑥도 되려서 좀 보태고
달래도 좀 캐고 고둘빼기 좀 캐고. 그래 네 가지를 봄나물을
해 가지고 아침 7시 차로 장에 가서 큰맘먹고 팔려고
땅에다 신문을 깔고 몇 무덕이를 만들어 놨는데
장사꾼 여자가 오더니 하는 말이 저기서 형님 오는 것을 보고
뭘 가져왔나 하고 빨리 왔다고 무조건 오더니 한 무덕이에
얼마냐고 물어서 천 원이라 하니 덮어놓고 다 주서 담고는
만 원 주고 더 안 주네. 그러니 내가 앉어 팔면 만오천 원은
만들 수 있는데 이제는 나이 많으니 시장에 앉아 있기도
챙피하고. 그래서 에이 그만 집에 와서 일하고
또 내가 덜 받으면 장사꾼 여자가 좀 이문이 더 남겠지 하고
그냥 주고 여덟 시 차로 집에 와서 일을 많이 했다.
그러니 내가 덜 받으면 장사꾼이 좀 이문이 낮게 남을 거고
나는 집에서 일하고, 내가 받을 것을 다 받으면

내가 일 못 하고 장사꾼은 뭣을 남기랴 생각하고
오천 원 덜 받고 만 원만 받고 내주고는 얼른 집에 와서
일하니 마음이 편하다.

# 꿈에 본 것 같구나

큰딸이 온다기에 줄려고 개울 건너가서 원추리를 되렸다.
칼로 되리는데 비둘기가 어찌나 슬피 우는지 괜히 내 마음이
처량해져서 눈시울이 뜨거워지네.
그래도 원추리나물을 뜯어가지고 집에 와서 점심 먹고
아래 밭에 가서 두엄을 폈다. 두엄을 펴면서 집을 바라보니
누가 집으로 들어가기에 큰딸이 온 것 같애서 얼른 일어서서
집으로 오는데 진짜 딸이 왔네. 정말 반가웠지.
그런데 금방 가니 꿈에 본 것 같구나.

# 만 원이 머이여

아침에는 다섯 시에 아래 밭에 가서 씰게비 조금 태우고
집에 와서 밥 먹고 저 건너 밭에 갔다.
도라지를 캐가지고 오는데 웃솔에서 비둘기가 우는 것이
얼마나 구슬푸게 우는지 마음이 심난하고 자꾸 먼 산을
바라보게 되는구나. 찔레도 싹이 뾰족뾰족 나오고 있다.
개울 건너오다가 도라지를 물에 씨서 마당에다 널어놓았다.
시간은 벌써 일곱 시가 되었네. 전화가 와서 받아보니
리장이 옥수수 씨가 왔다고 한 봉지가 일 키로라고 하면서
만 원이라고 하네. 그래서 만 원 주고 가져왔다.
이제는 다시는 그런 씨를 신청 안 해야지.
원 세상에 옥수수 한 되 만 원이 머이여. 너무 기가 막히네.


씰게비: 쓰레기

## 감자 심기

아래 밭에 가서 감자를 심었다.
어제 종철이가 밭을 갈아줘서 고맙게 생각하고 술 한 병과
품값 육만 원하고 내가 갖다주고 왔지. 그 덕분에 오늘 심는다.
호미로 고랑을 만들어 가지고 심는데 승일 아버지가 보고는
쇠스랑 들고 와서 같이 고랑을 켜줬다. 또 손자가 같이
도와줘서 쉽게 고랑을 켰다. 고랑 캐고는 감자를 심었다.
감자 눈 뜬 걸 고랑에 쭉 엎어놓았다. 엎어 심으면
일찍 올라오고 제껴 심으면 실한 기 올라오는데
얼른 올라오라고 엎어 심었다. 얼른 순이 나와야 맘이
시원하고 그 자리에 속곡을 심지.

속곡: 작물이 자라는 동안 이랑이나 포기 사이에 심는 다른 식물

# 까마귀는 일 하나도 않고

오늘은 일요일이라서 연속극이 없다고 아침으로 감자씨 뜨고
남은 무거리 몇 개 깎아서 삶고 라면 반 봉 분질러서 끓여
먹고 저 건너 밭에 가서 하루 종일 김맸다.
산에서는 투둑새 우는 소리에 마음이 설레고 일은 어느 것을
먼저 해야 할지 맘만 바쁘다. 매일 하는 일인데
그리도 일이 끝이 없는지 아무리 해도 자리가 안 난다.
까마귀는 일 하나도 않고 굶어서 사는지 먹고사는지
날마다 깍깍 짖기만 한다. 그래도 뭣을 먹으니 살겠지.
요즘에는 개구리 잡아먹는 건가.

## 불보기

오늘은 나 불보는 차례인데 비가 온다.

비가 오는데 뭔 불이 타랴. 일부러 싸놔도 안 타겠지.

그래도 맡은 책임이 있는데 집 안에 들어앉아 있을 수도

없고 책임대로 하느라 마을 회관에 갔다.

마을 회관에 갔더니 젊은 사람들한테 꾸지람만 들었다.

비 오는데 누가 불 싸놓는다냐고, 이런 날은 불 봐야

일당도 안 나와요 한다. 도로 내가 미안해서 부끄럽고

내가 왜 갔나 하는 생각이 들었다. 내가 책임 때문에 왔지

무슨 일당 때문에 왔나. 왜 오나가나 핏퉁아리나 들으면서

살아야 되나. 이내 집으로 내려오고 말았다.

날씨조차 속을 썩히네.

그런데 생각지도 않은 세빠또가 와가지고 딱 듣기도 싫은

말만 떠들다가 가고 이제 이 글을 쓴다.

# 잘 되면 고맙고 안 되도 할 수 없는 거고

앞밭에 감자를 심긴 했으나 감자가 될 것인지 두고 봐야
알겠다. 왜냐하면 감자씨를 사지 않고 집에 있던 감자를
심었기 때문에 믿어지지 않는다. 작년에 감자가 하도 썩어서
속상해서 이제는 다시 안 심는다고 맹세를 해놓고 감자씨를
청구하지도 않았는데, 그래도 또 봄이 되니 남들 심으면
부러울까 봐 집에 있는 감자를 그냥 심어놓았다.
그저 잘 올라오면 정성껏 잘 매 가꾸고 바라볼 뿐이지.
잘 되면 고맙고 안 되도 할 수 없는 거고.
그저 호미 들고 땅 파고 곡식 심는 것 말고는 아무것도
배우지 못했으니 어쩌겠나. 나이나 젊었으면 기술이라도
배울 것을 이제는 정신이 없어서 배운 것도 다 잊게 되니
아무 생각도 없네.

# 늘 곁에 두고 보고 싶건만

어제 감자밭을 갈았지. 계에 갔다가 3시 차에 와서
감자 한 말을 심었다. 그리고 담날 아침 일찍 또 밭에 갔지.
감자를 다 심고 또 도라지를 심으려니까 돌도 많고 더디다.
겨우 다섯 고랑 심었지.
집에 오니 몸이 너무도 피로해서 방에 있더라니 돈복이
전화 받아라 소리에 자리에서 벌떡 일어나서 급히 뛰어가
받았다. 당황해서 그냥 받고 나면 할 말도 많건만 왠지
전화기만 들면 말문이 막혀버리니 하고픈 말 한 마디도
못하고 그냥 끝나고 만다. 타관 객지에 있는 돈복이는
고향이 그립겠지만 엄마는 자식들이 늘 그립다.
언제나 늘 곁에 두고 보고 싶건만 그 원수 놈에 돈이 무엇인지
생활에 쫓기다보니 늘 그립고 보고 싶다.
봄이 오면 새소리 이상하게 들리고 산에는 진달래꽃 동백꽃이
만발하고 대지에는 각색 사물이 봄을 맞아 즐거운 듯

시간을 다투면서 나오는데 사람은 왜 한번 가면
다시 못 오는가. 서산에 해는 지고 어둠이 깔리는구나.

1998년 4월 1일 비

## 자식

비가 오니 괜히 마음 심난해지는구나.
아침에 일어나서 밥을 먹으려고 막 차려서 먹으려 했는데
아들이 온다. 그래서 같이 앉아서 먹으니 얼마나 기분이
좋았는지 밥맛도 더욱 맛있게 먹었지.
자식이 무언지 같이 있는 기 좋고 맘도 흐뭇하고 즐겁다.
한 세상 살다보면 이럴 때도 있다 생각한다.

# 다래순

오늘은 날씨도 맑고 기분도 상쾌하고. 오전에는 다래순을
따고 오후에는 막나물 뜯어왔더니 삶는 동안 시내버스가
오더니 나물 좀 팔라고 해서 삼천 원을 받았다.
얼마 되지는 않지만 기분 좋다. 언제나 남에게 구구사정
안 하고 살라나 했더니 이만하면 남에게 피해 없이 사는 것을
왜 그리도 가난하게 살았는지.

## 고추 두럭

아침 일찍 이러나서 고추 두럭을 덮었다.

그리고 밥 먹고 저 건너가서 강낭콩을 심고 또 쑥 뿌리를 캐고

산천을 바라보면서 하루가 다르개 꽃 피우고 겆쳐

잎이 피어서 삼사 일 동안 금방 산천이 푸르게 변해 버린다.

사람도 그와 같이 빨리 늙어지겠지. 짐승도 이름 모를 새도

모든 것 이상하게만 느껴진다.

앞마당가에도 땅짜리 잎 날마다 크는 것 같구나.

진달래 꽃나무 한 그루 파다가 심었더니 겨우 꽃이

열이틀 동안 폇다가 시더지고 잎이 뾰촉뾰촉 피는구나.

맘 같아서 한 달이라도 피여 있었으면 좋으련만 왜 꽃은

그리도 빨리 지는지 넘우 아쉽게만 느껴진다.

오늘은 날씨가 아주 조용하다.

두럭: 두둑
겆쳐: 잇달아

38

# 책을 읽고 나니 잠도 안 오고

아침에 춥기에 텔레비 앞에 앉아서 책을 읽는데 글쓰기 책

16쪽과 17쪽을 읽다보니 미국 놈들이 상대도 못할 놈들 같다.

어떻게 사람을 멧돼지 다루듯 할 수 있을까.

그런 놈들을 가까이 두고 그것을 좋다고 젊은 아이들은

머리에 새빨갛게 물을 들여 가지고 다니고 있으니

나는 그것이 못마땅해서 꼴도 보기 싫다.

세상이 어떻게 될 것인지 큰일이요 걱정이다.

책을 읽고 나니 잠도 안 오고 세상에 그 어린애들 생목숨을

그렇게 끊어버렸으니 그 어린이 부모들은 얼마나 속상하고

아파했을까. 생각하니 나도 눈물이 앞을 가린다.

그런 돼지만도 못한 놈들이 어디 또 있겠나.


글쓰기: 한국글쓰기교육연구회 회보

# 눈시울이 뜨거워졌다

오늘은 해가 다 보인다. 그렇지만 구름은 잔뜩 끼어있다.
오늘은 마리아 선생님 책을 다 읽었다.
읽다보니 배울 점도 많고 여러 아이들 키우고 가르치느라고
맘도 많이 상했을 것 같다. 여러 아이들 공을 들여서
끝 맞추느라고 맘고생하고 깊은 속을 썩혔을 것을 생각하니
책 읽으면서 내 눈으로 보는 것처럼 눈시울이 뜨거워졌다.

# 하눌님이 잘 해야 될 터인데

오늘은 집 옆 밭에 강낭콩을 심었다. 그리고 이른콩도 심었다.
어뚱게 될지 두고 봐야 알지. 그저 심어서 매 가꾸고
바라볼 뿐이지.
날씨가 잘해야 될 터인데 하눌님이 잘 해야 될 터인데.

2003년 4월 23일 흐림

## 비둘기 울든 소리

날씨가 흐려서 그냥 있다가 비가 안 올 것 같아서
개울 건너가서 밭머리 각담에서 다래순을 따 가지고 와서
점심 먹고는 또 다래순을 큰 다리 건너 벼루구미 가서 따는데
조그만 망태가 좀 못 찼다. 다섯 시가 넘어서 이젠 고만
집으로 오는데 상금이네 집께 오더라니 관광 온 여자들이
할머니 그게 뭐냐고 해서 다래순이라니까 사겠다고 해서
팔고 값은 만 원을 받고 팔았다.
집에 와서는 오전에 딴 다래순을 삶아서 널고 삶은 물은
퍼내 버리고 나물 삶느라 단 솥에다 물을 데펴서 머리 좀 감고
저녁 먹고 이제 몇 자 적어보는데 다래순 따면서
비둘기 울든 소리가 생각난다.
옛날 할아버지께서 말씀하시길 이렇게 말씀하시든
생각이 난다. 비둘기 울 적에 신세타령을 이렇게 한다고
이야기하시든 말씀이 떠오른다.

42

비둘기가 우는 기 "기집 죽고 자식 죽고 흔투데기 목에 걸고
뚜둑 뚜둑."
생각하고 보니 진짜 그럴싸 우는 것 같기도 하다.
가만히 들어 보면 비둘기가 어떤 때는 구국 구국 빨리 울다가
어떤 때는 길게 뚜둑 뚜둑 뚜둑 우는 기 울 적에는
신세타령하는 것 같다.


흔투데기: 누덕누덕 기운 헌 옷

2003년 4월 29일 비

# 시계 소리밖에 안 들리네

어제 저녁에는 읍내 손자 집에 가서 저녁 먹고 딸과 같이 자고
아침 먹고는 집에 와서는 딸을 돈을 조금 줬는데 안 가져가고
도로 옷 속에다 넣어 두고 갔네. 다시 그것을 꺼내 놓고는
한참 보다가 눈물이 나는구나. 그래잖아도 비 오는데 보내고
마음이 아픈데 그 돈이나 가져갔으면 어떻겠나 생각하니
너무도 걸리는 게 많고 고민도 이만저만한 게 아니네.
텔레비전을 보니 중국에는 병이 있다 하니 막내놈도 걱정이고
얼른 귀국했으면 좋겠는데. 그만 모든 게 다 부모 못 만나서
그런 고생 하는 것 같고 이런저런 생각에 잠이 오지 않네.
딸을 보내고 텅 빈 방에서 나 혼자 누우니 천장만 쳐다보다가
이제 펜을 든다. 밖에는 비가 오고 조용한 빈 방에는 똑딱똑딱
시계 소리밖에 안 들리네.

2006년 5월 19일 흐림

# 뭣을 먹고 사는지

아래 밭에 콩을 심었다. 콩을 심는데 바로 머리맡에 소나무가
있는데 소나무 가지에 뻐꾹새가 앉아서 운다. 쳐다봤더니
가만히 앉아서 우는 줄 알았더니 몸을 이리저리 돌리면서
힘들게 운다. 일하는 것만 힘든 줄 알았더니 우는 것도
쉬운 게 아니구나. 그렇게 힘들게 우는 것을 보면서 사람이고
짐승이고 사는 것이 다 저렇게 힘이 드는구나 하는 생각이
든다. 그렇게 힘들게 운다고 누가 먹을 양식이라도 주는 것도
아닌데 먹는 것은 뭣을 먹고 사는지. 몸을 이리저리 돌리면서
힘들게 우느라고 고생하는 것을 보니 내 마음이 아프다.
뭣을 먹는 것을 알면 먹을 양식이라도 주고 싶구나.
옛날에는 뻐꾸기 소리 난 다음 깨씨를 부우면 기름이
덜 난다고 했다. 그런데 나는 뻐꾸기 울고 3일 있다 뿄는데
가물어서 아직 안 올라왔다.

# 뻐꾹새

오늘은 아래 밭에 가서 검은콩을 심고 또 옥수수 밭에
돌깨가 어찌나 많이 났는지 너무 보기 싫어서 그것 다 매고는
도랑 좀 매다가 너무 늦어서 못 다 매고 집에 와서
이제 몇 자 적어 본다.
오늘은 뻐꾹새가 운다. 마침 깨 모를 어제 부웠더니
깐듯했으면 깨 모도 못 붓고 뻐꾹새 울 뻔했네.
모든 새짐승은 용케도 때를 찾아서 다 지 책임을 다하는
모양이다.
이제는 각색 초목도 다 피고 어우러져서 푸른 산이 되고
그저 사람만 변할 줄 모르는구나.

# 솟종새는 처량하게만 운다

건너 집터 밭에 콩과 강낭콩을 심었다. 저녁 식사를 끝내고
나니 팔이 몹시 아프다. 내가 애성으로 하는 일이지만
너무 힘이 드는구나. 언제나 내 목숨이 다 하도록 열심히
할 계획이다. 젊었을 때 돈 못 벌었으니 끝날 때까지
할 수 밖에. 언제라도 일하다가 자는 듯이 조용하게 떠났으면
하는 마음 간절하다. 집에 있으나 들에 가도 그 마음
변할 길 없네. 솟종새는 처량하게만 운다.

솟종새: 소쩍새
애성으로: 애가 나서

# 일 핸 보람

오늘도 건너밭에 가서 고사리 꺾고 김도 매고 머우 좀 베고도
나무 좀 해가지고 꼬박꼬박 왔다. 그래봐야 일해난 보람도
없고 그저 고기 잡아 물에 늫는 것과 똑같구나.

## 조이 모종

아침에 일어나서 고구마를 다 죽은 것을 심긴 했는데
살 것인지 두고 봐야지. 그리고 밭에 조이 모종 뵌 것을
뽑아가지고 오다가 동일네 밭에도 좀 심어놓고 수동집 밭에도
좀 심었는데 잘 키울 것인지 두고 봐야 알지.
나는 곡식이 귀여워서 키우는 걸 재미로 알지만 다른 사람은
그렇지 않는 것 같아서.

조이: 조

## 나물하기

오늘은 날씨는 흐렸는데 딸들이 구룡령 나물 간다기에
나는 그냥 집에서 놀 것을 생각했는데 양양 동생댁이
형님 같이 갑시다 해서 같이 가서 나물을 참나물도 좀 하고
여러 가지 나물을 해 와서 전부 골라 묶으니 참나물이
일곱 단, 잡나물이 다섯 단, 겨우 열두 단이다.
그것도 동생 덕분에 잘 해 왔지. 아니면 감히 내가 거기를
어떻게 갈까 맘도 못 먹을 터인데. 동생 두 내외가 너무
고맙고 정말 내 동생 같은 게 없을 것 같애. 그래서 저녁 해
먹고 나물 삶아서 무쳐 가지고 맛있게 잘 먹고 딸들 둘은
이제 밖에 운동 나가고 나 혼자 있으니 심심해서 펜을 든다.
오늘은 이렇게 시간을 보내고 있지만 내일은 얼마나 쓸쓸해서
어떡하나 생각만 해도 걱정이 되는구나.
텅 빈 방에 나 혼자 누워서 천장이나 쳐다보고 있어야지
별 도리가 어디 있을까.

# 잠

아침에 밖에 나가보니 안개가 끼고 흐렸다.

가랑비가 오기에 그냥 들어와서 누웠더니 잠이 들어버렸다.

얼마나 잤는지 깜짝 놀라서 일어나 보니 열한 시가 되었네.

허둥지둥 밖에 나가서 호미 찾아가지고 앞밭에 갔다.

어쨌든 드러누우면 잠이 들고 만다.

# 돋보기

오늘은 딸이 장에 가서 돋보기를 사왔다.

아무것도 못 보고 답답하든 차에 새로 정신이 나는 것 같다.

이제는 책도 보고.

# 고 숨만 안 차도

오늘은 비가 와서 아무 일도 못 하고 하루종일 그냥
누워있었다. 곳초 밭에 나가서 곳초대 좀 꼽아 볼려고
시작하니 돌이 받혀서 도저히 안 들어가서 못 박고 비는
또 오고. 할 수 없이 비에 젖어서 쫓겨 들어오고 말았다.
오늘 하루 종일 놀아 봐도 별 도움이 안 되고. 그래도 일을
해야만 표가 있지 그냥 노는 것은 아무것도 아니야.
그저 멍하니 있으니 병신 같고 멍청한 바보 짐승 같아서
정말 견디기가 정말 힘들고. 일을 하면 너무 힘든 것이
고 숨만 안 차도 얼마나 좋을까. 그 원수 같은 나이는
왜 그리 많이 먹어가지고 갈수록 힘만 든다.
때는 좋은 때라 산천초목은 피어서 푸른산이 푹 어울리고
각색 짐승은 때를 만나서 서로 좋다고 지저귀고 이 내 마음은
갈수록 태산 같구나.

곳초: 고추

# 옥수수를 심고 집에 오니

큰딸이 이약가다가 나를 태워가지고 양양 삼강의원에 가서
치료 받고 네 시 차로 집에 오는 것이 큰딸이 돈을 너무
많이 썼다. 농협 갔다 온다더니 무슨 사탕도 큰 것 한 봉지
사고 초코파이도 사고 또 빵도 사고 이름 모르는 것도 사고.
나는 큰딸이 아니면 의지할 곳도 없는 것이 왜 이리도
잔병은 많은지 숨이 차서 밥도 못 먹겠는걸 죽을 사다줘서
그것으로 먹고 견디는 것이 그래도 더 살겠다고 옥수수를
심고 집에 오니 벌써 일곱 시가 넘었네.

이약가: 손수레

# 애들이 왔다 가고는

솥에 나물 삶아 널어서 말리고 그래다보니 하루해가 다 가고
말았다. 애들이 왔다 가고는 집이 텅 비는 것 같아서 그저
서운한 맘 간절하다. 저녁이 되니 더욱 집이 슬슬한 것 같구나.
그러나 할 수 없지. 그만 자리에 누워나 보자.

# 집은 텅 비고

때는 봄이니 산천초목은 청산이 되고 투둑새도 때가 됐다고
우는데 나는 움츠리고 밖에 나가기 싫으니 어특하면 좋을까.
애들이 왔다 가고 집은 텅 비고 슬슬하고 허전하기 짝이 없네.

# 작은딸 전화 받고 막내아들 전화 받고

오늘은 마을 회관에 가서 하루 해를 즐겁게 보내고
저녁까지 먹고 이제 집에 와서 이 글을 쓰고 있다.
지금 밖은 조용하다. 오늘 아침에는 작은딸 전화 받고
저녁에는 막내아들 전화 받았다.
그래서 얼마나 반가웠는지 몰라. 늘 그렇게만 살고 싶었지.
자식이 뭔지 늘 봐도 늘 보고 싶고 늘 궁금하다.

# 반겨 주려고

오늘은 마을 회관에 안 가고 그냥 집에 있었다.

막내아들 내외가 온다고 해서 오는 것을 기다리며 있다가

오는 것을 반겨주고 오는 것을 맞아들이려고 집에 있었다.

2014년 4월 11일 맑음

## 오래 살다 보니

밭에서 김을 매는데 젊은 여자가 보건소에서 나왔다면서
치매 조사를 하고 갔다. 나 사는 동네 아냐고 해서
강원도 양양군 서면 송천리라 했더니 올해 무슨 년이냐고
물어서 2014년이라고 대답했다.
오래 살다보니 별일이 다 있다.

# 2015년 봄날

### 4월 27일 맑음

오늘은 날씨가 맑아서 기분이 좋다. 나물도 잘 말라서 좋고.
막나물을 도려서 솥에 삶아서 마당에 널었더니 햇빛에
바작바작 잘 마른다.

### 5월 4일 맑음

오늘은 날씨가 맑아서 앞밭에 감자밭을 맸다.
풀이 재잔은기 어떻게 많이 올러오는지 매는기 더디다.
감자가 먼저 올러온 건 벌써 이파리가 너불너불하다.

### 5월 7일 맑음

뒤란에 딸기밭에 풀을 뽑았다. 쏙새 뿌리도 뽑고 달락개비도
뽑고. 숨이 차서 한참씩 앉어 쉬면서 뽑았다.
남덜은 일하기 싫어서 안 한다더구만 나는 숨이 차서 그렇지
일하는 건 재밌다.

# 바람벽 바르기

장에 쑥 뜯언 수입 팔천 원에서 쓴 돈은 소고리 이만 원,
원산집 양말 네 켤레 칠천 원에 회사금 담배 한 보로 칠천 원,
오만 원 품값. 칠천 원을 주고 페인트를 한 깡통
사가지고 와서 욕실에 칠하고 남어서 앞 바람벽에 바르고
나니까 옷이 엉망이 되는구나.
할 수 없이 갈아입고 빨래를 부리야부리야 씻어가지고 오니까
해는 서산에 기울고 금방 어둠이 깔린다.
하늘에는 별만이 반짝이고 이 몸은 자리에 눕자.

## 기침이 얼매나 나는지

지난밤에도 한잠도 못 자고 해뜩 세웠다.
낮엔 좀 들한데 밤으로 더 하다. 기침이 얼매나 나는지
멈추지 않고 나서 뱃가죽도 아프고 갈비가 저려서
눈이 뒤집힐 정도다. 내가 기침이 많이 나서 솔애 엄마가
나를 데리고 속초 병원에 가서 주사 맞고 올 때 손주 차 타고
아주 편하게 왔다.

# 내 몸이 아프니

내 몸이 아프니 뻐꾹새 소리가 더 처량하게 들린다.
감자를 작년에 썩힌 것*을 1년 만에 걸렀더니
냄새가 하나도 안 났다. 증갈기가 하얗게 앉았다.
저녁에 손주가 닭을 사와서 아주 맛있게 잘 먹고 이 글을 쓴다.
또 손주며느리가 약 사온 것을 약값을 주니 안 받네.
어찌해야 되나.

* 감자를 썩혀서 녹말가루도 만들고 떡도 해 먹는다.

# 나도 그럴까 봐

노인정에 가서 그림을 그렸다. 백 살 먹언 할멈은 안 들어눕고
벽에 꼿꼿이 앉았지 안 둘어눈다. 누가 곁에 가까이 가면
주먹을 쥐고 치켜든다. 혼자 숭얼숭얼하며 웃고는 한다.
나도 그럴까봐 걱정이다.

# 마당에 풀

노는 삼아 마당에 풀을 맸다. 마당에 풀이 퍼러면 길에 댕기는
사람이 욕하지. 사람 사는 기 저기 뭐여 하고. 손자가
장갑을 끼라고 갖다줘서 손도 안 시려운데 무슨 장갑이냐고
안 낀다고 했다. 장갑 끼면 거동스러워서 안 끼고 그냥 맸다.

## 꽃 따는 재미로

집 뒤란에서 인등꽃을 땄다. 그릇 놓고 한 꼭지씩 따 담는데
꽃이 어찌나 피었는지 따도 딴 자리가 안 난다.
허리 아프겠는데 꽃 따는 재미로 허리 아픈 줄도 모르고 땄다.
방에 널어놓고 보니 방 안이 환하다.

# 조팝꽃 피면 칼나물이 나는데

오늘은 밖에 나가보니 나무꽃이 하얗게 피었다.
조팝나무꽃이 피었고 뒤란에 돌배나무꽃도 하얗게 피어서
보기에 너무 좋다. 꽃을 보니 기분이 좋다.
꽃은 언제 봐도 늘 보고 싶다.
꽃을 바라보면서 나도 저렇게 젊어보고 싶다.
조팝꽃 피면 칼나물이 나는데 산에 기름나물 고모세 등걸취가
삐죽삐죽 나오는데 이제는 나이 많고 숨차서 못 간다.
요새는 꼼적거리기 싫어서 그저 들어눕고만 싶다.

여름

풀이 멍석떼처럼 일어나니

# 디다볼수록 신기하게만

아래 콩밭을 맸다. 그 콩밭을 매면서 콩잎을 바라보면서
그리도 귀엽게 생각이 든다. 그렇게 동그렇게 생긴 콩이
어찌 그리도 고 속에서 동골라한 이파리가 납족하고
또 고 속에서 속잎이 뾰족하게 나오고 디다볼수록 신기하게만
느껴진다. 그러니 뽑는 풀도 나한테는 고맙게 생각이 든다.
왜냐하면 풀 아니면 내가 뭣을 벗을 삼고 이 햇볕에
나와 앉았겠나.
그저 풀을 벗을 삼고 옥수수도 가꾸고 콩도 가꾸고 모든 깨고
콩이고 조이와 팥도 가꾼다. 그러면서도 뭣이든지
키우기 위해 무성하게 잘 크는 풀을 뽑으니 내가 맘은
안 편하다. 그러나 안 하면 농사가 안 되니 할 수 없이 또 풀을
뽑고 짐을 맨다. 뽑아놓은 풀이 햇볕에 말르는 것을 보면
나도 맘은 안 좋은 생각이 든다. 그래도 할 수 없이 또 짐을
매고 풀을 뽑으며 죄를 짓는다.

## 바람

비는 안 오는데 바람이 너무 불어서 손해가 이만저만이
아니다. 옥수수는 아주 전멸이여. 뭐든지 다 싹 적자가 된 것
같다. 그러나 할 수 없지. 사람인 이상 되는대로 사는 것이지.
앞 대추나무가 부러지면서 콩이 너무 많이 망가졌지.
그것을 하루 종일 일으키고 집에 들어오니까 저녁 여덟 시가
되었네. 이대로 밥을 먹고 텔레비 앞에서 이 글을 쓴다.
빨리 쓰고 또 연속극을 보려고 바삐 쓴다.

# 손자

날씨가 흐려서 콩밭 비었는 데를 다 팥으로 지었다.
오후에는 손자가 학교 마치고 건너 밭에 갔다가
비를 맞으며 집에 와서 저녁밥에도 손자가 돼지고기를 사와서
아주 즐겁게 잘 먹고 조금 있다가 손자는 집에 가고
나 혼자 쓸쓸하게 남아진다. 그래도 손자가 형광등을 사서
달아줘서 대낮같이 밝다. 손자가 가까이 와 있으니
든든하고 즐겁다.

## 논섬 비기

비가 올 것 같아서 아침 일직 이약가를 끌고 논에 가서
논섬 빈 것을 거둬놓고 여가리 좀 매다가 뭐가 찔러서 아펐는데
할멈들이 몇 명 왔기에 그런 이야기 했드니 동철 큰엄마가
까시를 끄내주네. 이제 안 아퍼서 고마운 마음으로
손자가 사다준 빵을 잘 나눠 먹었다.

여가리: 가장자리

# 비가 오니 새는 귀찮겠지

오늘은 비가 와서 아래 밭에 가서 깨 모종을 하다가 집에 와서
점심 먹고 앞개울에 빨래 가서 빨아다 널고 지금 이제
펜을 든다. 지금 밖에는 가랑비가 온다. 또 깨 모종 했으면
좋겠는데 영 을스년시러워서 그만 포기하고 그냥 쉰다.
내일이라도 비 그치면 심지. 남 다 안 하는데 나 혼자 할려니
또 흉볼 것도 같고 해서 포기하고 그냥 만다.
모든 곡식이 비가 오니 생기가 나는 것 같애.
깨도 시들어졌던 것이 다 살아나고 그새 큰 것도 같애.
뻐꾹새 우는 소리가 오늘은 전혀 안 들리네.
비가 오니 새는 귀찮겠지.

2002년 6월 8일

# 용인

벌써 집 떠난 지 팔 일이 되었구나.
용인에 와 있으니 아주 편하고 좋은데 집에 일 생각하니
불안하고 마음이 답답하다. 에미는 볼일 보러 나가고
애들은 학교 가고 나 혼자 남으니 고향 생각 간절하네.
할 수 없이 현관 문 열고 바깥을 나가보니 보슬비 오기는 하나
그것이 얼마나 와야 콩을 심을지 마음이 착잡할 뿐이다.
이슬비도 많이 오면 잔비가 큰방울이 되고
큰 빗방울이 모여 흘러내리면 도랑물이 되고
이곳 저곳 여러 도랑에서 모이면 강물이 되지.
강물은 큰 바다로 한도 끝도 없이 밤이고 낮이고 무조건
가기만 하고, 한 푼에 여비도 챙기지 않고 그저 묵묵히
가기만 한다.
어느 누가 오기를 바라지도 않건만, 어느 누귀를 바라서
가는 걸까. 생각하면 한스럽기 그지 없구나.

날마다 잠만 자니 너무 심심해서 낙서를 한다.
괜히 내가 와 있으니 약 다려주느라고 에미만 고달프게 한다.
얼른 집으로 가야지.

# 집에 왔다

경기도 용인 딸네 집에 가서 다리 아파서 손자한테 가서
침 맞고 일주일 만에 집에 와보니 곡식도 몰라보게 크고
풀이고 뭐고 말도 못하구나. 김도 엄청나게 크고 모든 게
다 일주일 놀다 완 것이 손해가 많이 난 것 같구나.
앞밭 고치 모도 제때 동여매지 않아서 넘어지기도 하고
부러지고 그저 볼수록 맘 아프고 어느 일을 할지를 모르겠다.
다리는 침 맞아서 좀 들 아프긴 하나 크게 난 줄도 모르겠고
그저 맘만 바쁘다.
그리고 아이들이 용돈을 돈복이가 십만 원 큰딸이 오만 원
또 작은 딸이 오만 원 그래서 전부 이십만 원이 된다.
고마우면서도 맘은 아프다. 즈의들도 빚을 지고 살면서
돈을 주니 말이다.

## 사람도 그와 같았으면

요즘에는 새소리가 많이 들린다.
뻐꾹새 우는 소리는 늘 들어봐도 마음이 슬프다.
저녁에 솟종새 우는 소리가 들리면 처량한 생각에
잠을 설치고 아침 다섯 시 되면 꾀꼬리 우는 소리에 곤하게
자든 잠도 활짝 깬다. 곤히 자다가도 정신이 나는 것 같다.
앞마당가에 백합꽃이 봉오리가 생기더니 한 이십 일 정도
되니까 6월 20일부터 피기 시작하드니 오늘 사흘째 되니
다 활짝 피었다. 문 열고 밖에 나가면 백합 냄새가 향이
너무 확 난다. 참 귀엽고 만져보고 싶다.
하얀 백합이 보기에도 깨끗하고 즐거워서 사람도
그와 같았으면 좋겠다.

# 열무 좀 뽑아 줬으면

딸 둘이 와서 마음을 턱 놓으니 괜히 피곤해서 좀 누웠다가
생각하니 건너가서 고사리 꺾어야 되겠어서 딸들을 데리고
개울 건너 묵밭에 갔다.
나는 고사리 꺾고 딸들은 머우 뽑고. 점심 먹으러 읍에 간다니
부지런히 꺾어서 집에 와서 옷 갈아입고 아이들 따라서
영광정 막국수 집에 가서 국수를 먹었다.
딸들 둘은 작은 손자 차 타고 그냥 바로 용인 올라가고
나는 집에 와서 아래 밭슴을 마저 깎아놓고 비둘기를 지키며
조 밭 한 고랑 매고 또 한약 무거리 거름을 옮겨다 부었다.
집에 오니 벌써 시간은 일곱 시가 넘었네.
그래서 앞밭에 나가 열무 좀 심언 것을 뽑다보니 너무 배다.
이제야 아이들 생각하니 누워있은 것이 후회가 된다.
누워있지 말고 열무를 좀 뽑아줬으면 얼마나 좋겠나 생각하니
내가 왜 이리도 답답한가.

내가 내 마음을 욕했다.
뭐든지 지내고 생각하면 너무 답답하고 후회만 된다.

# 매미가 울면

오늘은 아침에 건너 밭에 깻모종 심으러 가는데
돌매미가 우네. 어르신들 말씀에 매미가 울면 김 고랑이 앞이
안 나간다 들었는데 김은 아직도 맬 때가 멀있는데
벌써 매미가 우는구나 생각하면서 깻모종을 뽑아 심었다.
깨를 담상하게 뿌렸더니 깻모종이 납작납작하게
잘 자랐다.

담상하게 : 듬성하게

# 매미가 울든 말든

건너 밭에 가 깨밭을 매는데 참매미가 운다.
옛날에는 매미가 울면 김 늦었다고 난리법석을 떨었는데
지금은 다들 밭을 안 심으니 매미가 울든 말든 어느 누가
신경도 안 쓴다.
나는 언제나 밭과 같이 세월을 보낸다. 그것도 안 하면
업이 없으니 그냥 우두커니 있으면 율 빠진 것 같아서
그저 잠만 깨면 밭에 가서 세월을 보내고 이 나이 되도록
이때까지 살아왔다.

율: 쓸개

## 호호로 백쪽쪽

건너 밭에 깨 모종을 심었다. 어제 심다가 못 다 심어서
오늘도 가서 심었지. 심는데 새소리가 들리는 것이
별 새가 다 있다. 호호로 백쪽쪽 하고 버드닝그에 올라앉아서
우는 것 같은데 어떻게 생겼는가 하고 아무리 찾아봐도
못 찾아서 결국은 못 보고 말았네.
뻐꾹새 우는 소리를 들으면서 하루 종일 깨 모종을 하고
올 때는 길을 빈다.
밭에 가는 길이 너무 풀이 무성하게 자라서 어제는 뱀이
풀섶에 또배사리 하고 공중 올라앉은 걸 집으로 오다가 보고
얼마나 놀랬는지 집에 와서도 가슴이 두근두근 무서운 끝에
오늘은 집으로 오면서 길을 좀 대충 비면서 왔다.


또배사리 하고: 또아리 틀고

# 팥 심기

오전에는 밭도랑 풀을 매고 오후에는 팥을 심었다.
허리가 아파 겨우 집에 와서 밥 먹고 누워있다가 펜을 들고
몇 자 적어 본다.
낮에는 뻐꾹새 우는 소리를 들으면서 일을 하고
밤에는 솟종새 우는 소리를 들으면서 이 글을 쓴다.

# 깨 모종을 심으면서

오늘은 깨 모종 심으러 갔다가 비를 졸딱 맞고 왔다.
깨 모종을 심으면서 희망을 생각했다. 이 깨가 클 때
깨 대궁에 잎눈마다 새끼 가지가 차면서 크겠지.
또 가지 끝에 잎 피는 눈에는 꽃이 피어서 꼬생이가 생겨가지고
깨알이 날이 갈수록 여물지. 가을이 되면 다 여물어서
그제서는 낫으로 깨를 꺾어야지.
꺾어 세웠다가 한 십일 정도나 십오일 정도 되면 다 말라서
갑바 깔고 막대기로 털어서 키로 까불러서 한 이삼 일 말려서
두고 정도 맞게 나눠서 기름 짜서 먹고 나누어 준다.
그 생각하면 깨를 심느라고 허리가 아파도 참고 억지로
하루 해를 채우며 심고 가꾼다.
농사일이라면 뭔 농사구 다 이와 같다.
그래서 힘든 줄 모르고 허리 아파도 참고 풀을 호미로 매고
밭머리 칡넝쿨이며 여러 가지 덤불이며 별별 풀이

다 들이뻗는 걸 낫으로 빈다.
밭에 하루만 안 가 봐도 손 들어갈 틈도 없이 풀이 나는데
비 때문에 밭에 못 가니 애가 난다. 장마 며칠 치르고 나면
또 밭에 말도 못 할 풀이 나올 것을 생각하니 걱정이 태산이다.

# 꿈같이 살아온 것이

아침에 바깥을 내다보니 비가 그쳤기에 아래 밭에 가서
깨 모종을 뽑았다. 심을려고 부즈러니 몇 고랑을 심는데
또 비가 와서 못 심고 집에 왔다. 와서 젖은 옷을 벗어 널고
방에 앉아서 〈작은책〉 유월호 책을 읽다보니 이동영씨와
그의 아내 최문선씨 두 내외분 글이 아주 뜻 깊다.
두 분이 마음이 맞은 것 같고 금실 좋은 것 같아서 한편 부럽다.
나도 없는 집에 시집 와서 굶는 것을 생활로 삼고 살면서
시부모님한테 학대 받고 살았지. 남편은 집자리 안 붙고 불인
청진으로 평안남북도로 돈 벌러 간다고 가서는 돈 안 벌고
그냥 바람만 피고 집 생각은 조금도 하지 않고
그저 자기 하고 싶은 대로 다 하고 다녔지.
시어머님이 가라고 머리끄대이를 내끌어도 친정아버지가
무서워 못 가고 그냥 거기 붙어서 살아온 것이
이때까지 살아왔다.

꿈같이 살아온 것이 벌써 나이가 팔십셋이 되었구나.
그러나 지금은 자식들이 멀리 살지만 다 착해서 행복하다.

2004년 6월 22일

# 단오

오늘이 바로 단오다. 세상 사는 것이 무엇인지 단오 명절도
모르고 그저 밭에 가서 풀 매는 것만 정신 쏟고
하루 종일 맸다. 사방에서 풀이 멍석떼처럼 일어나니
그냥 둘 수가 없지. 모구가 그리도 대드는 것을
억지로 매든 고랑을 마저 매고 있는데 바람이 솔솔 분다.
나도 모르게 아이고 하느님 고맙습니다 이랬다.
모구가 눈을 못 뜨게 대들더니 바람이 어디서 소르르 부니
어디 피해 가고 없다.
김을 다 매고 겨우 지팡이에다 의지하고 논둑으로
내려오다 보니 손자가 즈의 밭에 와서 김을 매고 있다.
밭에 왔니 하니까 예 할머니 저 가 계세요 하더니
차를 가져와서 아주 편하게 잘 왔다.


모구: 모기

92

# 다 매고 나니 맘에 시원하다

저 건너가서 깨밭을 맸다.

한 달 동안 비가 와서 못 가봤더니 깨는 줄어들고 풀은 크고.

얼마나 잡초가 무성했는지 깨가 안 뵈킨다.

깨 새간으로 들어가니 풀과 깨와 꽉 에워싸서 바람 하나 없다.

아무리 부즈러니 매도 도저히 티가 안 나고 아무리 빨리

매도 자리가 안 난다. 옷은 땀에 젖어 짜게 되고 이마에서는

땀이 뚝뚝 떨어진다. 다 매고 나니 맘에 시원하다.

김매고 돌아보니 깨가 좋아하는 게 완연하다.

## 도라지 캐기

날씨는 잔뜩 흐리고 건너 밭에 가서
듬성듬성한 도라지를 캤다.
캐다보니 새로 두 시가 되어 그제야 집으로 와서
옷 벗어 빨고 또 도라지 씻쳐서 벗기다보니 밤 열두 시가
다 되는구나.
분초 좀 골라서 묶고. 두 단도 안 되는기 왜 그리도 더딘지.
늘 하는 일이지만 너무 더디어서 시간만 가는구나.
언제나 그렇지만 오늘은 더 바쁘구나. 낼은 장에 가야지.
이만 쓰고 끝자.

분초: 부추

# 한티재 하늘

아침에는 맑아서 논 매다 남은 것을 마저 매고 집에 와서
빨래를 벗어서 개울에 가서 빨아가지고 와서 널고는
점심 먹고 한잠 자고 일어나니 벌써 네 시 십오 분이 되었구나.
이제는 어차피 그냥 놀 수 밖에 없네. 이왕 놀 바엔
책이나 읽어야지 하고 책을 읽으니 너무 슬프다.
이순이는 읍내 향나무 집 부엌일을 거들러 가서 쌀 두 말을
디딜방아에 빻아서 그것으로 떡을 해주고 시루 밑에
팥 껍질 부시러기 떡을 벼 보자기에 싸가지고 오는 길에
밤은 깊어지고. 그래도 배를 타고 건너 와서 집에 오니
애들은 울다 지쳐서 잠이 들었고 이순은 잠든 차옥이를 안고
젖을 먹이는데 눈물이 괜히 난다.

## 세빠또

비가 와서 아무 일도 못하고 그냥 있는데 반갑잖은 세빠또가
와서 듣기 싫은 말만 늘어놓는다.
두 시에 완 것이 여섯 시가 다 돼서 가니 넘어넘어 지루해서
죽을 뻔 했다. 왜 그리도 듣기 싫은 말만 하는지 어디서든
만나면 깜짝 놀랄 정도다. 간간히 만나면 보기조차도 싫은데
왜 그리도 오는지 비만 아니면 집에 있지 않겠는데
비가 왠수다. 비 아니면 건너밭에 가면 아주 편한데
그 왠수 때문에 아무 것도 못하고 하루해를 그냥 보낸 것이
분하기까지 하구나.
내일도 비가 오면 또 올 건데 어찌해야 하나 걱정이 된다.
거기다가 노네골집 할매가 다섯 시 반에 오더니
둘이 왜 싸우기까지 하네. 아주 귀가 따구워서 억주로 참고
견디다 못해서 고만 참으라고 말했다.

# 눈에 솜솜한 것이

부평 딸이 와서 밭에 안 가고 하루 그냥 쉬었다.

오후에 앞에 밭에 팥 심은 것이 너무 풀이 많이 나서

그것을 좀 매다가 비가 오기에 집에 막 들어오니 약 장사가

마당에 천막을 치고 뭘 나눠준다고 날리법석을 떤다.

작은딸이 간 뒤에 보니 전화기 밑에 돈 오만 원 넣어놓고

초코파이 한 박스와 사탕 두 봉과 두유 한 박스가 있다.

돈을 엄청나게 쓰고 갔네. 사위는 오징어 삶언 것을 가져와서

딸이 썰어서 주고 갔지. 아주 맛있게 먹었다.

저녁이 되니 눈에 솜솜한 것이 그저 섭섭한 마음 간절하구나.

바나나와 사과 참외와 그득 사다놓고 갔구나.

그러니 딸 없는 사람은 얼마나 부러울까.

# 강낭콩 팔기

강낭콩을 팔려고 오색을 가는데 손자가 오색 안터까지
데려다 줘서 편하게 잘 갔다. 강낭콩을 들고 막상 한 집 한 집
쥔을 찾아서 강낭콩 좀 사라고 이야기를 하니 말하기를
우리는 콩 안 먹어요 하고, 또 어뜬 분은 장에서 사왔다고
안 사고, 우리도 강낭콩 있어요 하고, 그래다보니
누가 시킨 것도 아닌데 내가 왜 이렇게 치사시럽게 사나
생각이 드는 것이 괜히 내 자신이 부끄러운 생각이 드는구나.
늙은이가 팔십이나 넘겨 먹어서 젊은 사람한테
사시요 사시요 하니 부끄럽다.
그래도 애써 가꾼 생각하고 문전 문전 다닌다.
강낭콩이 잘 열어서 다 먹게 된 것이 볕이 안 나고 날마다
흐리고 비만 오니 자꾸 싹이 나싸서 보기가 너무 딱해서
할 수 없이 내 자신을 욕하면서 부끄러움을 무릅쓰고
팔러 다닌다.

비 오는데 손자까지 고생을 시키면서 이젠 이런 생활을
하지 말아야지 하면서 집에 왔다.
집에 와가지고 앞밭에 나가보니 저걸 또 어떡하너 싶다.
꼬투리가 물컹물컹한 기 하룻밤 놔두면 싹이 허옇게 나고
말지. 날만 좋으면 말리련만 날마다 비만 오니 말리지 못하고
애써 가꾼 걸 그냥 버릴라니 아깝고 그래서 그놈에 강낭콩을
또 따가지고 앞 냇가에 놀러온 사람들한테 가서 팔고
이 글을 쓰고 있다.

# 빨간 콩은 빨개서 이쁘고

비가 올 것 같아서 싹 날까 봐 아래 밭에 가서
강낭콩을 거뒀다. 생 거는 따로 까서 얼리고 단단하게 여문 건
섞이면 보기 싫으니까 자주색깔하고 알락알락한 거랑
눈까리만 빨간 거랑 색깔대로 따로 깠다.
콩이 꼬투리는 다 비슷한데 까놓고 보면 다르다.
심글 적엔 막 심어도 깔 적에는 골라놔야지 보기 좋지.
어차피 먹을 거 안 골라도 되지만 골라놓으면 빨간 강낭콩은
빨개서 이쁘고 그냥 강낭콩은 깨끗해서 이쁘고
여러 가지 섞이면 보기도 싫고 그렇게 하루 해를 보냈다.

# 선물

계를 하고 오후 네 시 차로 집에 왔다.
그래서 오늘 하루는 그냥 공치고 아무 일도 못하고
하루를 보냈다. 날마다 비는 오고 일은 점점 늦어만 가네.
이제는 하루라도 빨리 일을 해야 되겠는데 참 하느님도 너무
답답한 것 같다. 언제 볕이 날 것인지 애가 나서 못 견디겠네.
부엌 아궁이에서는 날마다 쓸데도 없는 물이 계속 나오네.
또 오늘 생각잖은 선물을 받았다. 솔애 이모가 큰 왕사탕
한 봉지와 베지밀과 이렇게 선물을 사온 것을 저짝 방에
갖다 놓은 것을 나는 못 보고 그냥 보내고 들어와서 보니 있네.
그러니 내가 알았으면 담은 차비라도 좀 주었을 것을
어찌나 마음이 아프든지 생각할수록 미안하다.
괜히 내가 오래 살면서 자꾸 선물만 받아먹는 것이
너무 미안하고 죄시러워서 못 견디겠네.
어뜻게야 될지 모르겠네. 그렇다고 억지로 죽지도 못하고.

2007년 7월 24일 흐림

## 증손녀 선물

아래 콩밭을 다 매고 도랑을 매다가 못 매고 말았다.
금년에 생일은 너무 즐겁게 보낸 것 같다.
며느리가 용돈을 오만 원 주고 또 증손녀 둘이 다
공책과 연필 두 개나 사왔네.
너무 오래 살다보니 증손녀한테 선물을 다 받아보는구나.

# 돈복이가 잘 부르는 노래

어제는 저녁에 텔레비를 틀어놓으니 가요무대가 나온다.
그런데 사랑방에 새끼 꼬는 노래가 나오네.
그 노래는 막내 돈복이가 잘 부르는 노래기 때문에
그 노래가 나오니 갑자기 돈복이가 생각나서 눈시울이
뜨거워진다.
자식이라는 게 무엇인지 잠들기 전에는 늘 보고 싶다.

# 아무 일 못하고

큰물이 나갔다. 그래서 아무 일 못하고 그냥 집에서 목욕하고
이제 이 글을 쓰고 있다. 늘 밭에 가서 시간을 보내다가
집에 있으니 뭔가 잊어버린 것 같아서 허전한 마음까지 든다.
얼른 장마가 끝이 나야 일을 하게 되는데 언제 끝이 날 것인지
맘만 답답할 뿐이지.
가만히 집에 있으니 그저 들리는 것은 투둑새 우는 소리만
들린다. 새짐승도 해가 나고 맑은 날씨가 즐겁지 안개 끼고
흐린 날씨는 답답하겠지. 사람이고 동물이고 다를 바가 있을까.
더욱이 집도 없이 오락가락 하는 짐승인데 그저 아무데나
앉아서 투둑투둑 울기나 하는 새짐승인데 때로는
뭘 먹고 사는지 그것이 궁금하다. 사람이 심어놓은 콩이나
파서 먹고 있으니 그것도 봄 한철이지 요즘에는 그조차도
없고 뭘 먹는지. 여름에는 날씨나 따뜻하지만
겨울에는 눈보라 속에서 어트게 사는지 생각하면

새짐승도 불쌍한 생각이 든다.

엊그제 막내 녀석이 왔다가 갔는데 가서는 전화 한 통도

없구나. 자식이 그저 든든할 뿐 애책 시럽게 키워봤자 괜히

부모 맘만 걱정이지 자식은 부모 생각 조금도 하지 않는 것을

쓸데없이 부모 혼자 생각뿐이지. 그래도 왠지 잊혀지지 않는

자식이 다 뭔지. 그저 빛다른 음식을 봐도 자식 생각

조흔 옷을 봐도 자식 생각 다 소용없는 줄 알면서도

왜 그리 못 잊는지. 참 내가 생각해봐도 그 부모의 맘뿐이고

다 소용없는 줄 생각하면서 그래도 잊지 못하고 쓸데없는

생각하면 참으로 답답하다 하면서도 그래도 못 잊고

늘 자나깨나 그늠에 자식 생각하게 되는구나.

이제 나는 아무 생각 없이 낮에 일하다가 밤에 자다가

살무시 숨졌으면 그것이나 바라고 있다.

1999년 8월 16일 맑음

## 감자 썩히기

날씨가 맑아서 아래 밭에 가서 풀을 대충 매고 콩 마른 것을
좀 골라 꺾어가지고 와서 감자를 팠다.
감자가 왜 그리도 못 생겼는지 뿌리 일루 절노 삐죽 뺏쭉.
너무도 못 생겨서 대강 골라 놓고 다 씻어 처느었다.
비료 포대다가 씻어 느었는데 썩기나 할는지 모르겠다.

106

## 조이 이삭부터 만져 보고

비가 와서 그저 묵묵히 바깥만 바라보고 있으니
괜히 자식들이 보고 싶은 마음에 눈시울이 뜨거워진다.
언제나 늘 곁에 두고 싶은 맘 변하지 않는구나.
올 적에는 반갑다가 또 가고 나면 보고 싶지.
늘 눈에 솜솜할 뿐이다.
앞 마당가에 조이 몇 대 가꿔 놨더니 이삭이 패기 시작한다.
자고 나면 앞마당에 나가서 조이 이삭부터 만져보고
세수하고 밥 먹고 또 밭에 나가는데 오늘은 비가 와서 밭에
못 나가고 말았다.

# 지금은 내 땅에 심그니

금년에 강낭콩을 너 되 심었는데 풋강낭콩을 따다 팔아서
돈 십만 원이나 했다. 삼월 달에 고랑으로 쭉 내 심그고
강낭콩 꽃 필 때 사이에다가 또 깨 모종을 심고
잡초 나는 대로 매 가꿨다.
깨가 모살이 하는 동안에 강낭콩이 여물고 강낭콩 뽑고 나면
깨는 그제서 맘대로 크지. 꼬투리 달리고 여물 동안 날씨가
잘 해서 강낭콩이 잘 됐다. 알 드는 대로 늦게 여무는 놈은
애중 따고 먼저 여무는 놈은 먼저 따고 알 여무는 대로
골라 따서 오색 가서 팔았다.
한 그릇에다 천 원씩 팔고. 첫 번에는 십킬로 오백 가지고
갔는데 열일곱 그릇 나오고 두 번째는 스물두 종발 나오고
해서 네 번 가서 돈 팔만 원 했다.
거기다 사잇골 선생님이 사 가서 다 하면 돈 십만 원 된다.
강낭콩 팔러 한 번 갔다 오는데 차비가 송천에서

양양 가는 데까지 팔백 원, 양양에서 오색까지 천삼백팔십 원.
그러다 보니 차비만 해도 사천 원이 넘게 든다.
강낭콩 다섯 종발 값이다. 그래도 수입보다 운동 삼아 취미로
다니면서 시간을 보내고 그저 살아가는 과정으로 내 인생을
이렇게 지내고 있다.
오색에 가서 강낭콩을 팔다 보니 어떤 분들은 애들이
안 먹는다고 안 사고, 또 어떤 분들은 즈이들도 농사짓는다고
안 사고. 나는 왠지 콩을 안 넣으면 싱거워서 밥을 못 먹겠어서
늘 콩을 넣어 먹는다.
그래서 해마다 강낭콩을 꼭 잊지 않고 심지.
젊어서 공수전에 살 적엔 강낭콩 두 되 심어서 한 말 난 걸
밭주인한테 닷 되 주고 닷 되 남았는데 큰집 작은동서가
갖고 오라고 그래서 갖다주고 아무 것도 안 남았다.
지금만치 약았으면 "없어" 그리고 안 줘도 될 것을.

그때는 어리석어서 하라는 대로 죽어 살았다.

남의 밭에 심궈서 닷 되 남은 걸 그것마저 가져오라 그래서

갖고 가고. 그걸 먹었는지 어쨌는지 씨불떡 하고

아무 말도 없다.

큰집은 땅이 많으니 아무 데 심어도 맨 먹을 건데 업신여기고.

큰집은 그 때도 밀 네 가마니 보리 다섯 가마니

이렇게 심어먹었다. 나는 김만 여름내 매고 말았지.

지금은 내 땅에 심그니 얼마를 해도 누가 달라는 사람 없다.

금년에도 봄에 이웃집 트랙타로 밭을 갈아 품값은

십만 원 들어서 갈았지만 강낭콩을 팔아서 밭 갈은 돈은

다 건졌다. 밭 갈은 돈을 다 건졌으니 이제부터 나오는

곡식은 거저먹는 셈이다.

이제 가을 곡식이 남았는데 콩과 깨와 조이하고

어찌 되려는지 두고 봐야 되겠다.

날씨가 잘 해야 되겠는데 왜 이리도 비만 오는지
답답할 뿐이다.
자고 나면 하늘만 쳐다보고 해 나라고 애원한다.

모살이: 모종을 심으면 처음에는 시름시름 않는데, 4~5일쯤 지나서 완전
히 뿌리를 내리고 살아나는 것.
애중: 나중

# 친구 할매

어제 용인 갈려고 망웃을 다 퍼서 콩섶에다 퍼서 재워놓고
갔다가 하룻밤 자고 오니 그동안 비가 얼마나 많이 왔는지
기껏 편 망웃이 여전히 물이 넘어 들어가서 또 가득 찼네.
그리고 친구 할매 양동옥은 그새 저세상으로 가고 없네.
하룻밤 새 친구 한 명 떠나가고 이제는 정말 나 하나
외로이 홀로 다니게 되었네.
맘 같아서는 나도 빨리 친구 따라 갔으면 한 생각이 불현듯이
드는구나. 어디 가든 늘 둘이 같이 갔었는데 이태 동안
누워있더니 결국은 이 세상을 버리고 떠나고 마는구나.
생각하니 너무 불쌍한 마음 간절하구나.
나도 얼마나 더 살까.
나도 머지않아 따라 갈 거다.
같은 동갑인데 나라고 별 수 있을까 생각이 든다.
이제 살아 봤자 무슨 희망이 있으리요.

살수록 고생이지.

될 수 있으면 나 친구 뒤를 따라서 갔으면 싶다.

언제 다시 만나서 이야기 나눠볼까.

며칠 전에도 풋콩을 까서 안쳐 먹고 일어나라고 주고 왔는데

그랬지가 삼사일밖에 안 됐는데 그 새 저세상으로 가 버렸네.

망웃: 망우. 거름으로 쓰는 똥과 오줌

## 매미가 빨리 짐 매라고

오랜만에 날씨가 맑아서 정말 반갑기도 하고 하늘님이
고맙기도 한 생각이 든다. 그래서 건너밭에 김을 매다가
너무 덥기에 닥나무 그늘 밑에서 좀 쉬는데 매미가
빨리 짐 매라고 맴맴맴맴 어찌나 허리를 빨리 꼬불꼬불
잘도 놀리는지 그것을 바라보면서 대체 너는 재주도
좋다 하는 생각이 든다.
나는 입으로도 그렇게 재빨리 못하겠는데 허리로 재빠르게
꼬불낭꼬불낭하며 소리를 내는지.
매미야 나도 너처럼 예쁜 소리를 낼 수 있었으면 좋겠다.

# 두부 만들기

늘 흐리고 비가 오더니 오늘은 맑아서 고맙고
정신이 나는 것 같다.
마음이 기쁘다.
콩을 두 되 담가서 불궈가지고 양양 가서 갈았다.
솥에 불 때고 두부 만들어 애들이랑 맛있게 먹었다.
그저 내 손으로 농사지어서 애들과 모여서 먹는 재미로
일 힘든 줄 모르고 더워도 더운 줄 모르고 재미로 여기고 한다.

# 곳초 말리기

아침에 흐려서 곳초를 방에다 넣고 불을 아궁이에다 땠다.
방에 곳초를 낱낱이 널어놓고는 하루 종일 방이 식지 않게
드나들면서 신경쓰느라고 시간도 없고 바쁘다.
왜 그리 더디 마르는지 다 마른 것 같아도 만져보면
눅은 것 같아서 다시 불을 지피곤 한다.
대가리 위로 갔던 건 밑으로 가게 뒤집고 밑에 건
위로 가게 뒤집는다. 고추 말리는 기 애 보는 것 같다.
하나씩 만져봐서 바싹 한 건 골러서 넣고 누굴누굴한 건
뒤집어 말리고. 방이 달궈놓으면 뜨거워 못 있는다.
뜨겁기 전에 얼른 뒤집고 나간다.
요즘에는 해가 조금 짧아진 것 같다. 아침 다섯 시면
바깥이 훤했는데 요즘에는 시계가 다섯 시 쳐도 깜깜하다.
고추를 한 번 따가지고 그것을 다 말려야만 또 딴다.
들 말리고 따며는 어따 널 데가 없어서 빨리 말리느라고

늘 바쁜 걸음으로 지내게 마련이다.

아무리 애써 말려도 일주일이 걸리네.

그래도 금년에는 곳초가 병이 안 걸려서 따기가 재미있고

기분도 흐뭇하고 힘드는 것을 참을 수 있다.

곳초가 병이라도 걸리면 일하는 것이 너무 힘들고 속상하지.

곳초가 깨끗해서 힘 덜 든다. 해마다 그렇게만 됐으면

걱정이 없겠다.

# 비

오늘 아침부터 무우 두럭을 만들고 무우 씨앗을 심어놓고는
물을 이약가로 실어다가 물을 주고는 아래 밭에 가서
익은 곳초 좀 짜고 또 강낭콩도 따가지고 와서는
배차 두럭을 만들어놓고는 겨우 들어와서 저녁 먹고
밖에 나가보니 비가 오네.
친정엄마 오신대나 반갑다.
뭐든지 다 타서 말라가니 너무 애 태우다가 비가 온다.

배차: 배추

# 어찌나 사람이 그리운지

오늘은 앞마당에 버스 타려고 홍수 엄마가 와 있었다.
어찌나 사람이 그리운지 우정 나서서 만나 보고 들어왔다.
낮에는 일호 엄마가 왔기에 놀다 가라고 하니까
집에 가서 밥 먹고 온다고 하더니 가서 밥 먹고 오기에
오는구나 하고 봤더니 그냥 집을 비껴서 바로 위로 가는구나.
그래서 에라 느의도 내 나이 먹을 때가 있으리라 생각하고
내 맘을 내가 다스리고 이해하고 말았다.
오늘은 딸도 와 있다가 가고 집이 텅 비는 것이 허전해서
맘자리가 안 잽힌다.
손녀딸들은 왜 이렇게 안 오는지 기다려지기만 하다.

가을

# 사람도 나뭇잎과 같이

## 방게

아침에 가마터 밤이 다 익었는가 하고 갔더니 아직 들 익어서
그냥 밭에 와서 김을 맸다. 열두 시에 점심 먹고 비설거지
해놓고 또 가서 겨우 조금 매다가 비가 와서 다 적새가지고
와서 빨래 씨서 널어놓고 그냥 말았다. 애비가 바다에 가서
방게를 잡아와서 그것을 간장에다 끓이니 너무 잔인한 생각이
든다. 죄가 될 것 같아서 기분이 안 좋았다.

2004년 9월 10일 흐림

# 산소에 술 한잔 부어놓고

오늘은 날씨가 흐려서 괴롭다. 남들은 다 산소에 금초를
다 하고 우리는 애들이 바빠서 못 오는 것 같아서 할 수 없이
내가 오늘 가서 시아버님 산소에 가서 금초 하고 왔다.
금초하고 오니 마음이 편하고 즐거운 것 같아.
크게 힘도 안 드는 것을 넘우 멀고 산이 깊어서 쉽게 엄두를
못 내고 그 동안 근심 걱정을 많이 했다. 집에서 떠날 때는
잔득 흐린 날씨에 겨우 물 건너가는데 또 비가 시작하더니
소낙비가 막 퍼붓는다. 길을 나스니 비오고새고 갔다.
그래 가서 아번님 산소에 다다르니 마음이 든든하고
비도 그치고 해서 다행으로 생각하고 느긋하게 깨끗이
절추를 마치고 아버님 산소에 술 한 잔 부어놓고 절했다.
그래도 그 윗달고 깊은 산이지만 조금도 무서운 생각은
없어서 참 기쁘게 생각이 든다. 애들은 오기야 오겠지만
늘 걱정이 되다가 내 손으로 가서 절추를 하고 오니

126

그렇게 마음이 편한 것을 진작 왜 못 했는지 후회가 된다.
내가 올해는 했지만 내년에는 어트게 될지 모르겠네.
거문 버섯 한 개 따고 둥치 버섯 두 개 따고 밤버섯 맻게
가져와서 그것을 양양 주헌 물산에 가져가서 겨우 삼천 원을
받았다. 그리고 양파 이천 원 주고 사고 제사에 쓸려고
배 오천 원 주고 또 사과 오천 원 주고 사서 가져왔다.
나머지는 다음 장날 맞아 사야지.

비오고새고: 비가 오기도 하고 개기도 하는 사이에

# 산태가 나서

아침 식전에 참깨밭에 가 봤더니 참깨가 다 입을 벌려서
있는 기 꼬투리가 마치 제비 새끼 입 언저리에 허옇게 돌아간
것처럼 히끗해끗하다. 며칠 비 오는 통에 못 가 봤더니
그새 꼬투리가 다 벌어졌다. 바람이 뒤흔들어 깨알이 바닥에
허옇다. 깜짝 놀라서 집에 가서 보를 갖다가 놓고
깨를 꺾는 기 다 쏟아지고 빈 섶대기만 남아 있는 것을 그래도
버리지 못하고 그것을 묶어세우고, 팥꼬투리 좀 딴 것이
반 되는데 썩은 기 반은 되니 농사라고 한다는 것이 어트게
재미라고는 하나도 없고 속만 상하고 일할 기운조차 없어지고
힘만 들 뿐이다. 늦팥 좀 심은 것은 산태가 나면서
돌과 흙과 다 파묻히고 찾아볼 수도 없다. 호박도 전부 포락을
당해서 줄을 흙이 내려 묻어서 하나도 안 열겠다.
이번 비에 손해가 이만저만이 아니다. 나는 아무것도 아니다.
다른 사람에 대면 멀쩡하지.

다른 동네 보니 방에 흙이 차서 묻힌 걸 파내는 거 보니
세상에 어떻게 사나 싶다. 아래 논화리는 산태 날 것 같지
않은데도 산태가 났다.

툭 불거진 산에 소나무가 배쑥한 기 왜 산태가 났는지
모르겠다. 하긴 바람이 좀 불었나. 빗물이 푹 배서 땅이
흐물흐물 한 데다 바람이 흔드니 산등게이가 훌떡 벗어졌지.

비 오는 걸 보니 나 열다섯 먹던 해 포락하던 거 하고 똑같다.
병자년에 물이 허리만큼 차올라서 밤중에 성안골로 피했다가
날이 밝아 오니 구들빼만 올롱하게 남았다.

군에서 아침밥으로 주먹밥 한 뭉테기 주는 걸 먹었다.
이번에도 비가 바께스로 하루 진종일하고도 밤새도록
퍼붓더니 그렇게 천지개벽을 했다.

집 잃은 사람들 보니 너무도 애처롭다. 어떡하겠나.
힘을 내서 일어서야지.

상평 방앗간 집이 이번 태풍에 물에 잠겼다고 해서

전화해서 가까웠으면 도왔으면 좋겠다고 했더니 방아재이가

전화해 주니 고맙다고 오신 거보다 고마워요 한다.

맘이 안됐다.

방아재이가 착하고 알뜰해서 주인이 가나 안 가나

잘 찌 주더니.

전기가 끊겼다가 3일 만에 이제 오늘 저녁 여덟 시에

전깃불이 오니 돌아가신 부모님 오신대나 반갑다.

포락: 산사태

130

## 어느 누가 알아줄까

저녁 여덟 시에 바깥 가로등불을 내 손으로 껐다.*
집에 와서 생각해봐도 분한 맘에 견딜 수 없다.
내가 왜 이렇게 존재 없는 사람인가. 그렇게 알아듣도록
말했건만 또 다시 불을 켜노니 너무 무시하는 것 같구나.
언제나 더 무시를 안 받을까. 나도 남한테 하느라고 했건만
이럴 때 너무 외로운 생각도 드는구나.
내가 친척이 있다면 이럴 때 의논이라도 해보지.
생각할수록 분함을 이길 수 없네. 어느 누가 알아줄까.

*가로등을 켜 두면 콩이 여물지 않는다.

## 글쓰기 책이 왔네

오늘은 장이래서 아침에 장에 가서 쌀 한 말 사가지고
여덟 시 차로 집에 와서는 개울 건너 밭에 밤 있나 하고 갔다.
밤나무 밑에 가보니 밤이 열지도 않고 더러 있다는 것도
벌레가 다 파먹고 암만 생각해도 안 되겠어서 큰며느리가
전화하는 것을 명절에 쓸 밤을 한 되 사라고 했다.
송이산에도 가보고 그러다보니 비를 졸락 맞았다.
옷이 다 젖어서 집에 와가지고는 젖은 김에 곳초 따놓고는
젖은 빨래를 앞개울에 나가 우산을 쓰고 씨서 널고는
우편함을 보니 글쓰기 책이 왔네. 그래서 얼른 꺼내가지고
방은 어두우니 마루에 앉아서 책을 폈다.
앞장에 이오덕 선생님 시가 적혀 있네.
그래서 마음이 울적한데 또 이상석 선생님이 쓴 글이 있어서
그걸 읽으니 왜 그리도 슬픈지 눈물이 앞을 가려서
글을 못 읽겠네.

2003년 9월 24일 흐림

# 점심도 안 먹고 읽다 보니

아침에는 날씨가 흐려서 그냥 방에 앉아서 텔레비전을 보다가
밖에 나가보니 날이 맑아져서 고초 내널었다.
고초 내널고는 별로 할 일이 없어서 귀농통문 책을 읽는 것이
얼마나 재미있고 배울 것이 많아서 자꾸 읽다보니
시간 가는 것을 몰랐다.
점심 안 먹고 책을 읽다보니 오후 여섯 시가 되었네.
그래서 이제 마루에서 책을 들고 방에 들어와서 일기를 쓴다.

## 물 복

추석 명절 다 지내가고 아들과 며느리들은 어제 가고
딸은 오늘 가고 손자는 와서 엄마 가는 것 배웅하고
겨우 점심 해 먹고는 금방 간다.
손자 가는 뒷모습을 바라보는 순간에 나도 모르게
눈물이 자꼬 난다.
왜 그리도 섭섭한지.
이제는 자꼬 외로운 생각이 들면서 슬프다.
밖에 나가봐도 시원한 마음은 하나도 없고 먼 산을 바라봐도
괜히 눈물만 날 뿐이지 즐거운 생각은 조금도 없다.
이 비감한 마음을 어디다 하소연하리.
자식들 있어도 다 즈의 생활에 맞추어서 다 가고
나 혼자 남으니 앉아봐도 시원찮고 누워봐도 늘 그식이고
이웃도 적막강산이고.
비는 왜 그리 오는지 앞마당에는 큰 봇도랑 만치

물이 내려가고 뒤란에도 보일러실에도 전부 물 개락이고

밭에도 전부 샘이 터져서 발 딛고 들어서면 진흙에

풍덩 빠져서 어뜿게 나올 수가 없네.

물 복은 왜 그리 많이 탔는지 여느 복도 좀 탔으면 좋으련만.

## 사람이라면 고만 오라고나 하지

아침에는 날씨가 맑았다.

그래서 건너가서 가마터 밤나무 밑에 가보니 밤 굵은 것은

돼지가 다 쥐먹고 그리고 또 떨어진 것은 벌레가 다 파먹고.

젊은이들 같으면 한 개도 안 줍겠는데 그래도 아까워서

그것을 밤이라고 주워 가져와서 마루에 앉아서 칼로

벌레 먹은 것을 골라 깎는데 갑자기 거문 구름이 막 모여들더니

깜짝 놀랄 정도로 번개 번쩍번쩍 하더니 천둥을 치더니

굵은 소낙비가 한 시간 동안 퍼붓고 잔잔해졌다.

비가 그쳐서 다행으로 손자 내외가 밥까지 가져와서

저녁을 잘 먹고 손자 식구들은 가고 나 혼자 남았다.

지금 바깥은 조용하고 거문 구름만 둥둥 떠있다.

손자가 왔다 가면 왠지 허전하다.

이제는 나이가 많아서 정신도 없고 기억력도 어두워서

금방 했던 일도 생각이 안 나서 어디다 밤 좀 부치는 것도

손자부 학교 가는 길 그 바쁜 것을 뻔히 알면서도 염치를
불고하고 부치라고 부탁하면서 어떻게 할지 몰라.
그 바삐 학교 가는 길에 부치라고 하는 내 마음은 뭐라고
할 말 조차도 없네. 왜 사람은 나이가 많으면 정신이 흐린지
답답하다. 날씨는 왜 날마다 흐리고 비가 오는지 사람이라면
이제는 고만 오라고나 하지.

# 도토리가 친구다

오늘도 도토리를 깠다.

나에게는 도토리가 친구다.

도토리가 올해 많이 열어서 딸이 날마다 주워온다.

나도 사동골 가면 한 망태 주울 텐데 숨차서 산에 못 간다.

2014년 9월 26일 흐림

# 도토리로 때 살고

날씨가 흐려서 하루 종일 들어 앉어서 도토리를 깠다.

돌에 놓고 망치로 깨서 깠다.

아주 껍데기가 딱 붙어서 그냥은 안 까진다.

전에는 도토리 줘다가 묵 개서 그걸로 때 살았다.

말린 걸 삶아서 울궈서 그걸로 때 살고.

# 새는 심하게 대들고

비가 오다 말다 해서 조이 밭에 새만 보는 것이
그것도 힘이 든다.
지키고 앉았는데도 새가 감나무에 앉았다가는 살살 한 마리씩
내려와 조이 이스락에 앉아 좌 먹는다.
조이 이스락이 무겁던 기 새가 알을 다 빼먹으니
벌떡 일어섰다. 다람쥐꼬리 같이 섶대기만 남았다.
이제는 조이도 수수도 하나도 안 심을 생각이다.
새 때문에 남아나는 게 없다.
날씨는 늘 비만 오니 날래 여물지는 않고 새는 심하게 대들고
참으로 답답하기 그지없네. 왜 이리도 사는 것이 힘만 드는지.

# 왜 자꾸 뛰나가너

올해도 산에 도토리가 많이 떨어졌다.
날마다 도토리 까는 게 일이다. 망치로 깨서 깐다.
안 깨면 못 깐다. 반들반들해서.
돌멩이 위에 놓고 망치로 때리는데 자꾸 뛰나가서
에유 씨팔 뛰나가긴 왜 자꾸 뛰나가너 하고 욕을 하고는
내가 웃었다.

2002년 10월 6일

# 잡버섯이 나를 속이네

새벽녘에 잠이 깨서 들으니 지붕 처마 끝에서 떨어지는
낙숫물 소리가 뚝뚝 나는데 날이 밝아서 밖에 나와 보니
마침 비가 그쳐서 비 그쳤을 때 간다고 송이산에 갔다.
가 보니 송이는 없고 땅이 불룩해서 송인가 하고 살살 파 보니
못 먹는 잡버섯이 나를 속이네. 눈이 침침해서
갈당잎 떨어진 거 가 보면 송이 아니고, 요렇게 들썩해서
송이 나너 보면 봉곳해서 보면 하얀 버섯이고.
두 번이나 속고 나니 신경질이 나서 그만 집으로 오다가
깨밭에 들리니 깨는 꺾게 되는데 비는 또 시작하는데
다람쥐는 하나라도 더 따겠다고 죽겠다고 매달려 따대고.
뭐든지 볼수록 속만 상하고 어찌할 도리가 없구나.
파묻어 놓고 먹지도 못하면서 남 농사만 망구지.
밤나무 밑에 가 보니 밤도 역시 하나도 없고
집으로 오느라고 옷은 다 젖어서 집에 간신히 와서

젖은 옷을 벗어 빨아 널었다.

아침 먹고는 조이삭을 비벼서 터는데 조이삭이 안 여물고

그냥 말러서 픽석하고 조알은 얼마 안 돼서 영 신통찮아서

또 콩도 좀 까 보다가 그것도 시원찮아서 다 고만두고

책을 든다.

## 편지

아침에는 흐려서 생골집 깨를 까불러주고 집에 와서 수수를
털고는 우표함을 보니 항공편지 봉투가 있기에 얼른 꺼내 보니
중국 간 막내 앞으로 편지 보낸 것이 되돌아왔구나.
얼마나 서운했는지 몰라.
구월 이십칠일에 부친 것이 시월 십칠일에 다시 돌아왔으니
얼마나 섭섭한지 울고 싶었지.
할 수 없이 내가 참자 하고 말았다.
자식이라는 것이 무엇인지 편지 좀 하기가 그렇게 힘이 드는지.
주소가 바뀌었는데 그도 모르고 괜히 편지를 보냈네.
내 잘못이지.

# 막내

중국 갔던 막내가 왔다가고 나 혼자 있다.

고요한 밤에 풀벌레 우는 소리만 쟁쟁하게 나는구나.

2002년 10월 22일

# 부엉새

보리 심고 팥을 팔고 그리고 콩나물 콩을 털었다.
오늘 저녁에는 달이 밝아서 밖을 내다본다.
오랜만에 부엉새가 다 울고 있구나.

2006년 10월 31일 맑음

# 거두미

아침에 여섯 시에 일어나서 고추며 여러 가지를 밖에다
내 널고 팥과 콩을 다 내다 널어놓고 아침밥 먹고 나니
벌서 아홉 시 반이 넘었네. 이제서 낫을 갈아가지고 아래 밭에
가서 콩을 꺾기 시작해가지고 아무리 부지런히 꺾느라고
꺾어도 겨우 다 꺾는 것이 다섯 시 반까지 꺾고 나니 날씨는
어두워지고 가로등 불은 벌써 환하게 켜지고.
그러나 꺾는 것은 다 꺾지만 집에까지 가져오지는 못하고
말았다. 내일 아침에 일찍 일어나서 다 실어와야지.
이제 거두미는 다 끝나고 전봇대 밑에 시퍼런 콩만 남았다.
전깃불 때문인지 이파리도 시퍼렇고 꼬투리도 시퍼렇고
대궁도 시퍼렇고 매사가 시퍼렇다.
알은 들긴 들었구만 신통치 않다.
내일은 조합에 가서 볼일 좀 보고.

거두미: 추수

# 사람도 나뭇잎과 같이

아침 장에 곳초 방아 빻을려고 아침 첫 차를 타고 여문리를
가면서 창 바깥을 내다보았다. 잡목들은 노랗고 소나무는
파래서 울긋불긋한 게 눈에 아주 즐겁게 느꼈다.
당분간 있다가 곱든 나뭇잎도 말라서 우수수 떨어지게 되겠지.
사람도 나뭇잎과 같이 나이 많고 늙어지면 나뭇잎 떨어지듯이
자연히 섭섭하고 슬퍼지고 우울해지게 마련이지.
나이 많을수록 정신은 왜 그리도 없는지 손에 들고도 찾고,
둔 데를 몰라서 찾다보면 시간도 소요되고.
오늘은 장에 갔다 와서 저 아래 깨를 꺾었지.
알은 있으나 없으나 밭에 서 있는 게 보기 싫어서
꺾고 말았다. 그리고 튀김 장사가 와서 옥수수를 한 방
튀게 놓고 증손녀 줄려고 아무리 전화해도 어디 갔는지
전화를 안 받네.

# 하루해가 다 갔구나

오늘 날씨가 맑았다가 또 비도 오다가 아래 밭에 가서
콩 좀 따다가 또 비에 쫓겨서 왔다가 수수 좀 내 널었다가
또 비가 와서 자루에 퍼뵀다가 또 다시 해가 나서
또 내 널었다. 천둥개비처럼 하루 종일 그 짓을 하다 보니
하루해가 다 갔구나.
그런데 오늘은 서울 동생 딸 현순이가 전화를 한다.
또 다시 동생이 보고 싶다. 나보다 왜 먼저 갔는지
늘 보고 싶고 어려서 고생하고 컸는데 왜 형을 두고 먼저 갔는지
맘대로라면 나도 같이 갔으면 좋으련만 왜 나는 안 가지는지
답답하구나.

# 그 많던 까마귀는 어딜 갔는지

아침에 일어나 무우 있는 것을 씻어 가지고 썰어 널려고
써는데 무우 한가운데가 시커멓게 병이 들어서 다 오려냈다.
썰어 넣고 나니 낮 열두 시가 되네.
그래서 점심 먹고 옥수수를 물에 담그고 책 좀 읽다가 나가서
옥수수를 건져놓았다.
그 많던 까마귀는 다 어딜 갔는지 하나도 안 보이고,
곱게 든 단풍도 다 떨어지고 앙상한 나무만 남아있다.
산을 바라봐도 너무 추워만 보인다. 해는 점점 짧아지고
밤은 긴데 그래도 아침에는 일어나기가 싫다.
놀수록 점점 놀고만 싶어지네.
늘 몸을 움직여야 되는데 요즘에는 너무 편해서
고민거리가 많아 걱정이 된다. 괜히 안 할 걱정도 하게 되고.
그래서 옥수수 싹을 내서 말린다.
갈아서 봄에 막장 담그게 되면 죽을 쑤어 넣어서 장을 담그고.

모든 것을 준비해 놓으면 봄에는 쉬울 것이다.

넘어가는 해를 잡을 수 없고 가는 세월 잡을 수 없다.

# 동생 하나 있는데

양양에 동생이 보고 싶다 해서 갔더니 저녁에는 멀쩡이
얘기를 하더니 자고 아침에 일어나니 완전히 딴 사람이다.
나를 누군지도 모르고 나를 장모라고 해서 서운했다.
장모가 죽언지 10년이 넘는데 장모라고 한다.
오 남매 중에 그거 하나 남었는데 치매가 와서
딴 소리를 하니 서운했다.
나보다 14년이나 아랜 기 그래 똑똑하던 사람이
왜 치매가 걸리는지.
동생 하나 있는데 그 꼴이니 이젠 어디 갈 데도 없다.

# 마늘 심기

아침부터 마늘밭을 호미로 파는 것이 어찌나 땅이 딱딱한지
호미로 땅을 쫏다시피 팠다.
파놓고 호미로 골을 캐가지고 마늘을 쪽을 띠어서 놓고는
토양 살충제를 뿌리고 썩힌 두엄을 삼태미로 담아다가 뿌리고
그 위에는 복합비료를 뿌렸다. 큰딸은 흙을 묻고 둘이 하니
쉽고 힘도 안 들고 오늘은 일하는기 참 재미있게 끝났다.

쫏다시피 : 쪼다시피

# 메주 쑤기

메주를 안쳐놓고는 불을 때면서 뒷산을 쳐다보니
그렇게 푸르던 청산이 엊그저께 같더니 어느새 울긋불긋
단풍이 들어 고우면서 내 마음은 한심한 것 같구나.
나무는 단풍이 들어도 예쁘고 보기나 좋지만 사람은
쭈글쭈글한 것이 얼마나 보기 싫을 것을 생각하니
정말 한심하구나.
이제는 메주만 쑤면 가을일은 다 하는 셈이지.
김장만 남으니까.

# 메주 달기

어제 쑨 메주를 뒤란에 달아놓고는 팥 너 되를 떡가게다
갖다놓고 와서 무 뽑아놓고 또 배추도 뜯어서 마루에
들여놓았지. 바람이 어찌나 되워 부는지 정신없이 하루를
보내고 이제 펜을 든다.

## 부엌이 굴뚝이여

날이 흐리고 춥다.
메주 쑤느라고 불을 때는데 불길이 내쏴서 애가 말라
삼 년 살 것을 감수한 것 같다.
왜 그리고 북서풍이 부는지 부엌이 굴뚝이여.

# 김장

바람이 어찌 부는지 정신이 없다.

그래도 춥지 않아서 배추 씨처서 겨울 김장 하는데

자꾸 골이 아파서 억지로 하고 겨우 끝내고는 하루 종일

누워 있었다. 어질러진 책을 저쪽 방 책꽂이에다가 정리해놓고

이제 몇 자 적어본다.

작은딸 걱정을 했는데 큰딸이 전화를 해서 조금 안심이

되면서도 늘 걱정이 된다. 남들은 자식 자랑하느라 바쁜데

나는 왜 날마다 걱정거리만 늘어간다.

아이들이 클 때도 고생만 하고 컸는데 왜 건강조차도 약한지.

얼른 건강이나 빨리 찾아야 될 텐데.

## 방오달이

아침에 무 땅을 파고 묻고 아래 밭에 가서 깨 세웠던
바장 맸든 장대를 거둬서 이약가다 실어다 놓고는 입었든
옷이 꺼머서 벗어가지고 앞 냇가에 가서 씻는데 방오달이가
물 건너갔다 오면서 하는 말이 길 잰 측량비 안 내면
길 다니지 말라고 하네. 그럼 얼마를 내란 말이냐 하니깐
이십만 원을 내라네. 집에 와서 생각하니 분하기도 하고
업신여기는 것도 같고 너무도 억울하고 속상해서 그냥
누워 있는데 반갑지도 않은 세빠또가 와서 듣기 싫은 말만
늘어놓다 간다. 왜 나는 이렇게 복도 없는지 말 한마디라도
속 시원하게 해주는 사람 하나 없고 그저 속 썩여주는
인간밖에 없구나 생각하면서 혼자 누워 생각하니,
그까짓 방오달이 같은 인간 새끼한테 서름 받는 생각하니
더럽고 치사하다는 생각이 든다.
진작에 저세상 갔으면 그런 드러운 꼴을 안 봤을 것을

생각할수록 분한 마음 간절하구나.

자식들이 먼 데 사니깐 별 개새끼가 다 날 만만하게 보고

꼴값을 하네.

바장: 섶을 세우느라

## 자식

오늘도 또 비다. 어제 막내아들이 와서 반가웠다.
저녁을 해줄려 하니 안 먹는다고 못 하게 해서 안 했는데
아침에 또 밥을 지어서 차려줬더니 조금 먹고는 수저를 놓는다.
왜 안 먹느냐고 물으니 나는 본래 아침은 안 먹는다고 말한다.
그리고는 아무 말 없이 누워 있으니 놀다 갈 줄 알고
아무 준비도 안 하고 그냥 콩만 고르고 있었다.
그런데 누워 있다가 슬그머니 일어나서 밖에 나갔다
들어오더니 나 갈게요 이러네.
급해서 겨우 장만 봉지에 담아서 보냈다.
용인 형네 집에 들른다 해서 한 개는 성네 주고 한 개는
느이 갖다 먹으라고 해보내고는 어찌나 서운한지
세상에 이럴 수가 있나 싶은 것이 정말 서운하다.
자식이란 본래 이런가 하고 그리도 보고 싶어서 기다려지더니
겨우 그렇게 왔다 가는 것이 보내고 나니 별 기 다 걸리고.

그렇게 갈 줄 알았으면 미리 준비나 했을 것을 하나도 못 주니

가고 보니 그리도 걸리네.

# 잠바

딸이 또 잠바를 새로 사주고는 입던 잠바는 버리라고 하니
너무 아깝다. 그래 나는 애끼느라고 어디 갈 적에만 입었는데
버리라니 너무 아깝다. 누구 주려해도 또 좋아할지 몰라서
못 주겠고. 그러나 애들이 버리라니 할 수 없이 버려야 되겠지.
매사가 지내던 생각하니 살아온 생각보다 너무 달라져서
뭐가 뭔지 마음이 어수선해진다.
그리고 그렇게 맑던 날씨가 다섯 시가 되니 갑작스럽게
흐리더니 천둥을 하며 쏘낙비가 퍼붓더니 밤에는
맑은 하늘로 변해서 파란 하늘에 별이 총총하게 떴다.
지금은 아주 조용해서 기분이 상쾌하다.
늘 밭일을 하다가 일이 없으니 맥 빠진 것 같다.

# 믹서기

양양 장이다.

장에 가서 손자가 준 용돈으로 콩 가는 믹서기를 샀다.

사만오천 원을 주고 사가지고 집에 와서 꺼내놓고 봐도

참 기분이 좋다.

맷돌을 아들이 용인에 가져간 뒤로는 뭘 해먹고 싶어도

못 해먹었는데 내가 이 나이 먹도록 믹서기를 첨 샀으니

얼마나 기쁜지 모르겠다. 이제 콩을 담궈서 갈아봐야지.

# 연극

저녁에 증손녀 한결이가 나한테 와서 하는 말이
할머니 주무시지 마시고 조금 계시다가 우리 연극하는 것
보세요 하기에 그래라 하고 조금 시간이 지났는데,
할머니 하고 부르기에 왜 하고 가니 이층으로 가자 해서
이층에 갔더니 어찌나 재미있게 진짜 연극을 하네.
그래서 재미있게 보고 오늘은 하루 종일 즐거웠다.
그래서 증손녀들 용돈을 주고 마음이 아주 행복하고
즐거웠다.
늘 봐도 귀엽고 사랑스러운 손녀들.

겨울

뭘 먹고 겨울을 나는지

## 묵은 장

날씨가 몹시 춥다.

그런데 몇 년 묵은 장이 너무도 딱딱하게 굳어서 질금가리 넣고

또 밀가루 좀 넣고 물 좀 붓고 저어서 폭 끓은 담에 싸늘하게

식혀서 된 고초장에 넣고 골고루 주물러서 끓였더니

눅어진다. 그리고 좀 싱거울 듯해서 소금을 조금 넣는다.

고운 고초가루도 조금 넣고 잘 섞어서 놓았다.

# 친구라고는 하나밖에 없다

신장 위에 마늘 씨가 있어서 그걸 아래 밭에 심었다.
마늘을 갈게 심궈야 하는데 앞밭에는 일찍 심궜는데 쫑 앉언 걸
쫑이 대궁에 앉어 좁쌀날 같은 걸 신장 위에 얹었더니
그걸 못 봤다. 쫑이 앉은 씨는 그걸 심으면 외통 마늘이 되지.
까먹기는 좋다. 아래 밭에 가서 뿌레기 짝이 땅으로 가게 씨를
하나씩 꼽는데 깜짝 잊고 비료를 안 가져 와서 마늘씨를
고랑에다 놓고는 깨북지를 덮고는 집에 가서 비료 가져오려고
집에 오니 새덕집 큰어머이가 집에 와 있네.
그래서 급히 얼른 비료를 가져가서 뿌리고 호미로 묻고는
부즈러니 집에 와서 재미있게 잘 놀다가 조금 있다 갔다.
새덕집 큰어머이는 마음이 나랑 같으니 밉지 않다.
남의 흉도 안 하고. 같이 영 넘어 바꿈이 장사 다니고.
이젠 친구라고는 그거 하나밖에 없다.

# 겨우 눈을 쳤지

아침에 밖에 나가니 눈이 조금씩 오더니 조금 있다가 나가니까
그새 발목이 푹 빠지게 오네. 깜짝 놀래서 우선 온 눈을 쳤는데
들어와서 조금 있다가 나가보니 또 여전히 그만치 오는 것을
그냥 놔두고 귀찮아서 그냥 들어와서 좀 있다가 나가보니
이제는 눈이 그쳐서 어찌나 반갑기도 해서 하느님께
고맙습니다 하고 맘속으로 감사를 드리면서 나가 눈을 쳤지.
눈이 그쳐서 정말 고맙고 다행이구나 생각하면서 눈을 치우다
숨이 차서 한참 서서 숨을 돌리면서 겨우 눈을 쳤지.


갈게: 가을에
뿌레기 짝이: 뿌리 쪽이
깨북지: 깨를 털고 난 빈 깻단
바꿈이: 물건을 팔아 곡식으로 바꾸어 오는 일

# 삼태미

장에 망태 두 개와 삼태미 세 개 매가지고 갔더니 망태 한 개는
육천 원 받고 팔고 한 개는 오천 원 받고 팔고 삼태미 세 개는
안 팔려서 그냥 놓고 앉아있으니 지나가는 여자들 하는 말이
에그 귀여워하는 사람도 있고 또 어떤 여자들은
에그 조잡시러워라 이러는 인간도 있고 또 어떤 여자는
에그 예뻐라 이러는 여자도 있고. 장에 가서 앉아있으려니
더럽고 아니꼽기도 해서 이제는 아예 만들지 말고
그냥 편안하게 차라리 노는 것이 맘 편할 것 같구나.
그래서 오천 원씩 팔든 것을 사천 원씩 사라 하니
삼천 원을 내고 두 여자가 사가고 한 개가 남은 것을
그냥 집으로 가지고 올려고 들고 오는데 중간 터미널 오다가
새광정집 갈벌 사는 딸이 보더니 저를 달라고 뺐더니
겨우 돈 천 원을 내고 삼태미를 가져가고 만다.
차라리 그냥 줬으면 선물이나 되지 생각할수록

기분이 안 좋고 내가 바보짓 한 것 같으면서도 속상하다.
그까짓 거 안 하면 그만인데 내가 왜 만들어가지고 내 마음을
태우나 싶다. 이젠 정말 다시는 안 한다. 너무 섭섭해서
잠도 안 오네. 내일부터 도라지나 캐야지.
오늘 수입은 콩 한 말에 이만오천 원, 망태 두 개 만천 원,
삼태미 세 개 겨우 칠천 원이니 원칙은 세 개 값
만오천 원이래야 맞는데 겨우 칠천 원이라니 정말 생각할수록
맘 아파 못 견디겠네. 그러니 전부 합해서 사만삼천 원.
지출이 양미리 한 드름 사는데 삼천 원 주고 양파 한 자루에
천오백 원 주고 사고 오는 차비 팔백 원 주고 결국은
쓴 돈이 오천삼백 원 썼네.

2009년 12월 28일 흐림

# 왜 그리 꾀 없는 생각을 했는지

오늘은 마을 총회를 했다. 그런데 내가 희사금을 이만 원을
봉투에 넣어서 갖다가 총무를 줬는데 동회가 다 끝났는데
아무 말도 없다. 나는 그래도 맘먹고 내 생각에는 그래도
고맙게 생각할 줄 알고 담은 이만 원이라도 냈더니 이제
다시는 그런 맘먹지 말겠다고 다짐한다. 내가 무슨 큰 부자도
아니고 누가 뭔 돈 버는 것도 아닌데. 하기야 누가 돈 내라너.
내가 괜한 짓이지. 나도 겨우 사는 주제인데 누가 알아주지도
않는데 괜히 쓸데없는 짓이지. 차라리 뉘에게 그냥 주었으면
고맙다는 인사라도 받지. 내가 괜한 돈 쓰고도 맘만 상한다.
이제는 다시는 그런 짓 안 한다. 그것도 한 경험이지.
한번 당해봐야 다시는 그런 짓 안 하지. 내가 나이나 적너.
팔십팔이나 먹고 그기 무슨 짓이람. 왜 그리도 꾀 없는 생각을
했는지 괜히 쓸데없는 돈 쓰고 후회가 태산 같다.

# 몽실이 책

몽실이 책 다 읽었다.
재미있게 읽었다.
다 읽고 나니 허전하다.
어디 그런 책 있으면 또 읽고 싶다.
바깥은 춥고 냉냉해서 나가기도 싫고 방에 그냥 있으니
심심해서 그저 책이나 있으면 읽고 싶다.

2002년 12월 6일 비

## 〈작은책〉을 들고 읽다 보니

오늘은 작은책을 읽고 있습니다.
풀 뽑는 이야기가 재미있군요.
봄내 여름내 한 철 쉴 사이 없이 아침 다섯 시부터 일어나면
밭에 가서 한 포기 풀 뽑는 일이 첫 인사지요.
나는 부모님 배 밖에 태어나서는 어려서 자랄 적에는
일곱 살부터 삼 삼는 것을 아버지께서 가르치시더니
여나무 살 되니까 이제는 김매는 것을 가르쳐주시더군요.
글이라는 것은 국문조차도 못 배우게 하시고 그저 삼 삼고
여름에는 김매고 그것밖에 안 가르쳐주셔서 지금 팔십이
넘으니 부모님이 원망스럽게 생각이 됩니다.
아홉 살 먹든 해 음력 2월 달에 어머님 잃고는
소 다섯 마리 여물 끓이는 그 물을 우물에 가서
내가 다 여나르고 했지요.
조그마한 동이로 여나르니 이웃 사람들이 하는 말이

재는 물을 너무 많이 여서 키 안 큰다 했지요.

그저 자나 깨나 일밖에 모르고 자라서 지금도 일밖에 모르고
산답니다.

비가 와서 일 못하고 작은책을 들고 읽다보니 사람마다
산다는 것이 왜 그리도 힘이 드는 것인지 조향미 선생님이 쓴
글을 읽으면서 많은 생각 듭니다. 이 세상에서 선생님이면
제일 좋은 줄 알았더니 글을 읽고 보니 선생님들께서도
고생이 그렇게 되시는 줄 정말 몰랐습니다. 저는 팔십 평생을
호미로 땅만 파고 살아서 머리에 신경은 써본 적은 없습니다.
갈수록 태산이라더니 정말 배울수록 고생이로군요.

# 맘 같아서는 대번 다 읽고 싶은데

날씨가 따뜻하고 바람도 안 불고 조용해서 기분이 좋다.
서광 농협 조합장께서 마을에 오셔서 좌담회의를 하시고
또 농협 출지에 대해서 이자 잔액을 손수 가져 오셔서
개인에게 다 돌려줘서 참으로 고맙게 잘 받고 기분도
참 좋은 날 같아서 지금 일기를 쓰고 있다.
작은책 읽는 중에서 박영숙이라는 분이 쓴 글이 머리에서
늘 맴돈다.
어려서부터 고생을 많이 한 것 같아서 글을 읽으면서도
생활이 내 머리에서 자꾸 맴도는 것처럼 안타깝다.
추송래씨 글 읽으면서 많은 생각이 든다.
사람마다 잘 사는 사람도 많건만 고생으로 사는 사람이
더 많다고 본다. 책 읽는 내가 살던 생활과 비슷해서
글을 읽으면서 눈물이 자꾸 앞을 가리기도 하고
너무 비극이라서 가슴이 답답할 지경이구나.

사람마다 지내보면 똑같은 사람인데 다른 사람은 안 그런데
나는 왜 이런가 싶었는데 책을 읽다보니 이렇게 고생하는
사람이 더러 있구나 싶다. 어제 계하러 갔다오니
작은책이 와있어서 지금까지 계속 보고 있다.
맘 같아서는 대번 다 읽고 싶은데 밤에는 글씨가 작아서
눈 어두워서 못 읽고 겨우 낮에만 읽으니 답답하다.

2004년 1월 1일 흐림

## 뭘 먹고 겨울을 나는지

큰아들이 왔다 가고 또 손자도 왔다 가고. 다 가고
방에 들어오니 텅 빈 방에 나 혼자 남는다.
해는 다 넘어가도 책을 읽으려니 방은 껌껌하고.
먼 산머리는 눈이 올려는지 뿌옇게 아지랭이처럼 안개가 돌고
냉냉한 바람만 맴돈다. 밖에 나가면 춥기만 하니
나가지도 못하고 어찌해야 될지 묘책이 없구나.
얼른 봄이 돌아왔으면 좋겠구나 생각밖에 안 나네.
남같이 마실도 가기 싫고 방에서 꼼짝도 하기 싫으니
얼른 일이나 해야 되겠네.
날이 추우니 그렇게 많든 새도 한 마리 못 보겠네.
어디 가서 뭘 먹고 겨울을 나는지 그것도 궁금하구나.
집도 없이 어디 가서 의지하고 있나 싶다.

180

# 사람이고 짐승이고 담이 커야

갈벌집에서 여럿이 놀다보니 앞 논에서 꿩 세 마리가
볏낟을 줘 먹다가 두 놈은 길가에 사람 오는 눈치를 채고
날아가고 한 놈은 계속 모이를 실큿 줘 먹고 있는 것을 보면서
사람이고 짐승이고 담이 커야 되겠다 싶다.
겁내고 달아난 놈은 자기 몫을 다 못 먹고 갔으니 어디에 가서도
맘이 안 편했을 것이다. 그기 눈에 솜솜해서.
오늘은 논에 얼음이 다 녹아서 볏낟이 많았을 것을
생각하면서 말이야.

# 장

오늘은 장에 가서 명태 다섯 마리에 오천 원 주고 사고
또 오징어 제친 거 오천 원 주고 과질 사천 원 주고
고구마 이천 원 주고. 망태 매서 팔은 값 만 원 찾아가지고
주전자 만 원 주고 사고 그럭저럭 가고 오는 차비까지
삼만 원 돈을 다 썼네.
벌기만 힘들지 쓰는 것은 정말 시간도 안 걸리네.
별로 산 것도 없이 돈 삼만 원을 그렇게 쉽게 썼네.

과질: 약과 같은 과자

# 마을회관

마을회관에 가서 하루 종일 놀고 왔다.

어제도 오늘도 늘 그러고 말 뿐이지 날마다 모인대야

달라진 것은 아무것도 없고 그저 늘 하는 그 이야기뿐이지

달라지는 것이라고는 한 가지도 없네. 일하는 것이 낫지

괜히 모여서 이야기 나누다가 헤어지니 원 싱겁기 짝이 없네.

무슨 좋은 이야기라도 해야 말이지. 늘 해봐야 별 도움도

생기지 않고 어제나 오늘이나 늘 그렇다.

무슨 기술을 배우든가 뭣을 해야 정신이 나지 괜히 날마다

우두마니 있다가 오니 무슨 의미가 있나.

날마다 모여 봤자 아무 실감이 나지 않네. 괜히 모여 점심만

해먹고 원 싱겁기 짝이 없네. 얼른 이 겨울이 빨리 갔으면

기다려지네. 오늘은 그래도 내가 옛날이야기 책을 가져가서

읽었더니 할매덜이 거기다 정신을 쏟고 재미를 붙이고

오늘 하루를 보내고 집에 왔지.

## 세빠또

아침에 노인정에 가서 옛날이야기 책을 읽어주는데
세빠또가 와서 얼머나 떠들어대는지 정신이 없어서
그만 못 읽고 집으로 오고 말았다.
언제 봐도 반갑지 않고 아무리 오래 있다 봐도 반갑지 않고
곁에 있기도 싫어서 얼른 오고 말았다.
집에 오니 아무도 없고 강아지만 혼자 있네.
빠또 아니면 더 놀다가 저녁이라도 먹고 올 터인데
그 원수 같은 인간 때문에 그냥 집에 오니 조용할 뿐
아무 취미도 없으니 앰한 책만 디다볼 뿐이다.
밖에는 까마귀 우는 소리만 들린다. 얼른 날씨나 따뜻해야
수수뿌리라도 뽑겠는데 추우니 나가지도 못한다.

## 오늘은 내가 제일인 것 같구나

삼척 손자 내외가 왔다. 반가웠다.
그런데 용돈 오만 원까지 준다. 참으로 고마운 마음 뒷에다
비하리. 저의 할아버지가 살아계셨으면 얼마나 즐거워하실까
생각하네. 살다보면 이럴 때도 있구나 하고 느껴지네.
저 산 넘어 해질 무렵에는 한없이 외롭고 쓸쓸한데
오늘은 이 세상에서 내가 제일인 것 같구나.

# 막내 전화

9시50분에 전화가 온다.

막내 전화다.

그래서 오랜만이다 하니까 왜 전화 할 때마다 오랜만이라

한다고 도로 나를 원망한다.

자식이란 무엇인지 늘 궁금하니까 늘 기다려진다.

# 경찰차

책을 읽다가 졸음이 오기에 잠깐 자리에 누었더니 잠 들어서
잤는데 꿈을 꾸었다. 꿈에서 어디를 갔다가 여럿이 있다가
다 가고 나는 신을 잃어서 못 오고 신 찾느라고 애쓰다
못 가고 그냥 잠이 깨고 말았다.
깨어보니 꿈이구나.
무서운 한 마음에 이 글을 쓰게 되는구나.
왜 책만 들면 잠이 오는지 모르겠네. 밤에는 잠이 안 와서
고생인데 낮에는 책 좀 읽으려면 잠이 와서 원수로다.
저녁에 날씨가 흐리고 조용해서 밭에 가랑잎을 긁어 태우는데
경찰차가 온다.
깜짝 놀라서 얼른 다 태우고 불을 다 긁어서 파묻고
방에 들어와서 불을 켜놓았다.
그제서 신호를 번쩍번쩍이면서 내려가는 모습이 보이니
이제 내 마음이 놓인다.

# 휘영청 달이 밝다

날씨가 조용해서 일 년 먹을 장을 담았다. 장을 해놓고 보니
옷에 장이 묻어서 보기에 숭해서 옷을 벗어 빨아서 널고
또 까쓰차가 와시 한 동 샀다. 값이 올라서 이만삼천 원 주고
샀다. 저녁에는 손자를 기다리다가 여덟 시에 저녁을 먹고
풍경책을 다 읽고 허전한 마음 금할 길 없구나.
내일이 정월대보름인데 쓸쓸하고 외로운 맘이다.
밖에는 휘영청 달이 밝다. 애들이 보고 싶다.
어려서 키울 때는 매사 부족한 탓으로 남과 같이 위해주지
못하고 늘 모자라고 부족하고 뭐든지 왜 그리도 모자라서
늘 그립고.

2003년 2월 23일 비

# 사는 게 사는 거 같겠나

오늘은 아침 열 시에 리장님 차로 양양군청에 가서
성금 십만 원 내고 열한 시에 갈천 차로 집에 왔다.
대구 지하철 화재 난 데 보내 달라고 조금이나마 보탬이
될까 하고 가져왔다고 하니 영수증을 보내 줄까요 해서
영수증 필요 없다고 했다. 없이 사느라고 남의 신세만 지고
좋은 일 한번 못 해 보고 그게 한이 돼서 내가 조금이나마
보냈다.
자식 잃고 얼마나 애통할까. 정신이 아찔하고 미칠 지경이지.
아침 아홉 시에 그랬으니 한창 열기가 펄펄 끓는 젊은이들
죽는 게 너무나 애석하고 사진 들여다보고 아무개야
아무개야 하는 게 내가 눈물이 난다. 아이 옷 벗어 논 걸
껴안고 아이 엄마가 그렇게 우니 사는 게 숨이 붙었으니
살지 사는 게 사는 거 같겠나.
텔레비전 보면 맨 속상하기만 하다.

189

# 마음이 푸근하다

새덕집 큰엄마가 놀러오라고 전화를 해서 거기 가서
하루 종일 놀다가 집에 오니 누가 고등어를 세 마리나
놓고 갔네. 누가 왔다 갔는지 몰라서 혹시 손자가 왔다 갔나
하고 전화를 해볼려고 했는데 전화가 와서 받아보니
갈벌집 새댁이 고등어 갔다 놨다고 전화를 주네.
고맙고 그런데 하필 내가 없을 때 와서 좀 놀지도 못하고 가서
미안한 마음 든다. 생전 처음으로 왔다가 그냥 가서
한편 생각하면 그 집이나 우리나 다 외로운 사람인데
다 같이 의지하고 서루 돕고 살아야지 하는 생각이 든다.
하루를 살더라도 의지하고 믿고 살아나가기로 맘먹고
다짐한다.
이제는 날이 풀어진 것 같다. 그저 냉냉하게 춥든 날씨가
제법 더워지는 것같이 마음이 푸근하다.

# 새소리라고 못 듣겠네

마을 회관에 가서 하루종일 놀고 저녁까지 먹고 이제
몇 자 적어본다. 이제는 해는 점점 길어지고 저 눈이 언제
다 녹나 싶은 생각에 괜히 걱정만 싸인다. 눈이 허연데 새들은
뭣을 먹고 사는지 괜히 쓸데없는 것을 생각하느라고
잠을 설칠 때도 있다. 그것도 목숨 가진 짐승인데 뭣을 먹어야
살지. 여름에는 벌레도 잡아먹겠지만 이 추운 겨울에는
사방 눈이 허옇고 어디서 뭣을 먹고 사는지 궁금하다.
맘 같아서는 새도 모이를 주고 싶은데 개와 오리 닭은 모이를
주고 나면 새들도 걸린다. 날씨가 추운 탓인지 금년 겨울에는
부엉새도 안 운다. 요즘에는 새소리라고 못 듣겠네.

## 안 울든 새가 운다

오늘은 벌써 투둑새가 운다.
날씨는 추운데 봄은 가차운 모양이다. 안 울든 새가 다 운다.
오늘은 마을회관에서 겨우 점심 먹고는 너무 숨이 차서
간다 온다 말도 못하고 뒤란으로 해서 실구마니 오고 말았다.
집에 와서는 그냥 내 방에 와서 그대로 씨러져서는
정신없이 누워 있다가 겨우 일어나서는 저녁 먹고 이제 겨우
정신 차려 가지고 이제 펜을 든다.

# 자다가도 이불을 만자보고

오늘은 사이골 선생님들이 오셔서 반가웠습니다.
그러나 이불을 두 채나 사가지고 오셔서 너무 선물 많이 받아서
죄진 것 같고 미안한데 나는 아무 보답을 못하니 죄송하고
미안한 생각에 잠이 안 옵니다. 아무 일한 것 없이
늘 선생님들 신세만 지게 되는군요.
그렇게 큰 선물 해오신 선생님들께 잘 대접도 못해드리고
그저 번번히 신세만 지게 됩니다.
이불 덮을 때마다 생각하게 됩니다.
베개도 아주 푹신해서 좋아요.
자다가도 다시 또 이불을 만자보고는 하지요.
옛날 이불은 무거운데 선생님들이 해 오신 이불은
아주 가부워서 좋아요. 폭신하고 따뜻하고 포근해서 좋아요.
신세 잊을 수가 없습니다. 늘 건강하시길 빌겠습니다.

## 나 살아온 생각이 나서

오늘은 마을 회관에 갔다가 집에 일찌감치 왔다.

손주가 영화 보러 가자 해서 손주 차타고 손주 가는 대로

따라 갔다. 가서는 닭갈비를 맛있게 먹고는 영화를 보는데

재미있으면서도 마음이 아팠다.

소도 나이 많고 두 노친네가 나이가 많은 기 그 농사짓느라고

고생이다. 그 바깥노인은 아픈 다리를 끓고 다니느라

고생이고 소도 늙어서 걸음을 겨우 발을 옮겨 놓는 것을 보니

마음이 아프다. 그래도 그 소 우차를 타고 길을 다니면서

농사일하고 밭 갈고 논살머가지고 모 심고 김맨다.

또 곳초 농사도 짓는 기 그래도 곳초 농사가 잘 되어서

빨간 곳초를 많이 따서 말리는 것이 참 대견한 생각이 들었다.

나는 일 년 내내 고생하고 농사라고 지어 봐도

그렇게 곳초를 탐시럽게 못 따고 아무리 애써 곳초를 심고

가꿔 봐도 그 노인네처럼 곳초를 이쁘게 못 키우고

늘 애만 썼지. 곳초 한번 그렇게 늠늠한 걸 못 따고 해마다
곳초는 심지만 왜 그리 안 되는지 억지로 못하겠네.
오늘 영화를 보면서 나 살아온 생각이 나서 맘속으로
눈물이 날 것 같았다.

영화: 워낭 소리
논살머가지고: 써레질이나 논에 들어가 발로 밟으며 논바닥을 고르는 일

2003년 2월 11일 눈비가 온다

## 서울 동생

어제는 딸이 와서 오래도록 있다가 가고 나 혼자 있으니
허전하고 쓸쓸한 맘뿐이구나.
오늘도 밖에 나가 보니 눈이 여전히 오고 늘 그대로 변함없이
날씨는 한결같으니 답답하고 해서 서울 동생한테 전화해 보니
맘만 아프다.
숨이 차서 다니지도 못하고 밥을 못 먹는다고 한다.
어려서 여섯 살 먹고 엄마를 여의고 나는 아홉 살이고
오빠는 열두 살이고 또 남동생은 세 살이고 우리가
모두 사남매가 서모 손에서 컸는데 세 살 먹고
엄마 잃은 동생은 잘 커서 군인 가서 전사하고
이제 삼남매 남은 것이 동생이 암만해도 먼저 갈 것 같은 게
그렇게 맘에 걸려서 밤이 되면 잠도 오지 않고
늘 맘이 허전하고 섭섭한 생각뿐이다.
밖에 나가면 눈 오고 방에 들어오면 캄캄하고

이 심정 뭣에다 비하랴.

언제 날씨가 풀리려는지 기약 없는 세상 어느 누구에게

하소연할까.

금년 새해는 걱정 없는 새해가 됐으면 좋겠다.

# 동생 머리가 옥양목 같아서

오늘은 마을 회관에 안 가고 그냥 집에서 있었다.
읍내 사는 동생이 온다 해서. 정작 내 머리는 까만데
동생은 까만 머리가 한 개도 없고 머리가 옥양목 같아서
머리다 약 바르라니까 이젠 나이 많으니 안 한다고 한다.
세 살 먹어서 남동생 죽고 여동생 죽고 이제 그거 하나
남았는데 동생도 나이 많은데 일부러 누우 보러 오니 반갑다.
저녁에는 솔애 엄마가 고기를 튀게서 맛있게 잘 먹고
지금 이 글을 쓰고 있다.

# 너무 고맙고 즐거웠지

마을회관에 가는데 솔애 엄마가 할머이들이랑 먹으라고
오리 알 열 개를 삶아준다. 저번에 원산집이 떡하고
엿 과서 오고 새덕집이 감자떡 해오고 나는 그냥 얻어먹으니
미안하던 차에 얼마나 고마운지 참 고맙게 받아가지고 가서
즐겁게 나눠먹었다. 거기다가 또 배추김치까지 줘서
아주 너무 고맙고 즐거웠지. 남자들은 없고 여자들 여덟이
모여서 먹고 남은 두 개를 또 나누어 먹었다.
하루 종일 잘 놀다가 다섯 시에 집에 왔다. 대단히 하는 일도
없는데 너무 피곤해서 하루 종일 누워 있다가 오고 말았다.
집에 와서 아무 일 없으니 심심해서 또 몇 자 적어본다.

## 하루종일 뜨개를 떴다

날씨가 추워서 밖에도 안 나가고 하루 종일 들어앉아
뜨개를 떴다.
손자 난닝구를 시작해서 뜨는데 그런데 품이 좁을 거 같아
걱정이다.
맘먹고 뜬 기 맞아야할 텐데 작아 못 입으면 어떡하나.

# 무정세월

오늘도 방에서 하루해를 그냥 보내고 말았다.
날마다 무정세월 보내고 있으니 어쩌나 싶다.
난닝구는 이제 어깨 끈만 붙이면 끝이다.

# 손으로 뭘 만져야 정신이 드니

오늘은 텔레비 위에 덮는 뜨게를 다 떠서 수동집 갖다 주고
저녁에 딸한테 욕만 실컷 먹고 이런 인간은 왜 안 죽고
살아있는지 답답하기만 하디.
지 맘에는 날 생각해서 고생한다고 편하게 있으라고 하는데
우두카니 있으니 열 빠진 거 같은 기 심심해서 손으로
뭘 만져야 정신이 드니 뜨게라도 뜨는 건데 하도 쏘아붙이니
서운하기만 하다.

# 남의 집에 가서 왜 들어눕너

실로 뜨개질해서 텔레비전 덮개를 다 떠서 들고는
수동집에 갖다 줬다.
앉아서 얘기하다가 주인 내우가 들어누우민 날더러
같이 들어누우라니 내가 남의 집에 가서 왜 들어눕너.
그래서 그냥 집으로 왔다.

## 자꾸만 사진을 찍었다

마을 회관에 도지사가 왔다고 오라고 해서 가니까
도지사 옆에 앉으라고 해서 앉았는데 내 비녀 꽁친 게
이상했는지 같이 온 여자들이 자꾸만 사진을 찍었다.
일기로 책 만들언 애기를 했더니 저 줄 수 없어요 이러더니
집으로 들어와서 가져갔다. 그래서 줘 보냈다.
얼굴이 악살스럽지 않게 보였다.

2014년 2월 20일 오늘 날씨가 맑아서 기분이 좋다

# 어떻게 이해성이라고는 없는지

눈이 많이 와서 노루가 동네에 내려왔다.
그것들이 먹을 게 없으니까 내려왔지만 내려와도 먹을 게 없지.
방오달이가 고라니와 노루를 사냥하려고 눈 속에 마구
빠지면서 쫓아다닌다.
그런데 잡았는지 보지는 못 했다.
어떻게 이해성이라고는 손톱만큼도 없는지 제 욕심만
꼭 찼지.

# 말째이 들어눠 있으니

오늘은 안개가 잔뜩 끼서 꼼짝도 하기 싫다.

마을 회관에 가봤자 재미가 없다.

또래가 원산집하고 새덕집하고 니 이렇게 다 모여야

셋인데 원산집 할멈은 구부러져서 양짝 손으로

지팡이를 두 개씩 짚고 온다.

우두마니 앉았다가 허리 아프다고 말째이 쭉 들어눠 있으니

재미도 없고 가고 싶지도 않다.

그냥 집에서 도토리나 까는 게 낫다.

# 노래 글씨가 나와서 보고 불렀다

노인정에 가서 노래를 부르는 기 뭘 부르냐고 해서
나그네 설움을 한다고 했더니 텔레비에서 나그네 설움이
나왔다.
노래 글씨가 나와서 그걸 보고 불렀다.
알고 있는 노래지만 글씨 나오는 거 따라서 천천히 불렀다.

# 그러니 사는 것 같다

오늘은 노인정에 가서 공굴리기를 했다.
그리고 집에 와서는 그냥 있다가 손주가 와서 보러
내가 보러 이쪽 방에 왔다.
그래서 손주와 이야기를 했다.
그러니 사는 것 같다.

2010년 2월 23일 맑음

# 또 봄일 하느라고 바쁘겠지

날씨가 따뜻하니 새 짐승도 날아다니느라고 바쁜 것 같다.
산에 눈도 양지쪽에는 다 녹고 응달에만 눈이 있다.
얼마 안 있으면 또 봄일 하느라고 바쁘겠지.
아직은 눈이 있으니 꼼짝도 못하고 눈만 바라보고
있을 뿐이다.

# 책을 내면서

내가 쓴 것도 없는데 무슨 책을 다 낸다고 하네 생각이 든다. 어려서는 그렇게 글씨가 쓰고 싶은 것을 아버지게서 못 배우게 해서 못 써보고 그것이 원이 돼서 부엌에 불 때면서 부주깽이로 재 글어내서 재 우에 가자 써보고 나자 써보고 이렇게 배워서 그저 그럭허니 하고 있었지 절대 글 안다는 표정을 안 했습니다.

아들 군대 갔을 때 편지가 오면 어디 가서 편지 써달라하기 싫어서 그냥 되는 대로 내 손으로 글씨를 써서 회답을 써서 우체국에 가 부치고 오고, 아들네가 다 군대 마치고 타관 객지에 가서 주민등록 떼어 보내 달라해서 면에 가서 주민등록 띠여 보내고 모든 것을 다 내 손으로 다 하다 보니 남편한테 별 말을 다 듣고 살아왔습니다. 풍구독에 쥐색기처럼 면에고 조합에도 드나든다고 그런 소리까지 들어가면서 살았답니다.

그럭저럭 살다보니 세월이 다 지나가고 남편이 저 세상 가고 나 혼자 살다보니 적적해서 글씨나 좀 나아질까 하고 도라지 까서 판 돈으로 공책을 사서 쓰기 시작한 것이 손주가 그것을 일기라고 소문을 내서 이렇게까지 되었습니다. 한편 생각하면 고맙기도 하고 민망스럽기도 합니다.

나는 어릴 때부터 일복을 타고나서 일을 할 때가 행복하고 일을 해야 내 정신을 붙잡고 정신이 나는데 나이 많아 숨차고 일이 줄어드니 일기라고 쓸 것도 없습니다.

오늘 아침에는 마당에 나가 호미로 풀을 쪼는데 뻐꾸기가 울어서 딸한테 깨모를 부었냐고 물어보니 아직 안 부었다고 합니다. 전에는 뻐꾸기 울기 전에 깨모를 부어야 기름이 잘 난다고 했는데 이제는 날씨가 바뀌어서 뻐구기가 울고도 한참

더 있다가 깨모를 붓는다고 합니다. 콩도 전에는 소만에 심었
는데 지금은 하지가 다 되어서 심고. 모든 것이 옛날과는 많이
달라졌습니다. 벌써 나와 동갑은 먼저 가고 나 혼자 남았는데
나는 왜 이렇게 오래 사는 건지 걱정이 된답니다.


2018년 봄

서면 송천리 이옥남

# 할머니 이야기

할머니는 1922년 양양 갈천 마을에서 태어나 열일곱에 지금 살고 있는 송천 마을로 시집왔다. 시집와서 낳은 자식들이 자꾸 못 살고, 하나 있는 딸조차 시름시름 아프기 시작하자 이웃 마을에 풍수를 보는 분이 '유마양수지간'에 가야 딸 하나라도 살린다고 했다. 그 말을 듣고는 스물일곱에 세 살 난 딸을 업고 집을 떠나 '유구천'과 '마곡사' 사이에 있는 충청남도 공주 상운골에 가서 살았다. 그때 업고 갔던 딸이 지금 우리 어머니이니까 이옥남 할머니는 나한테 외할머니가 된다. 그곳에서 딸 하나, 아들 하나를 낳아서 살다가 서른일곱에 고향으로 돌아왔다. 고향에 와서 마흔한 살에 아들 하나를 더 낳았다. 할머니 일기장에 '늘 그립고 보고 싶은 막내'가 그 아들이다. 젖을 못 먹어 거미처럼 팔다리가 가늘고 엉덩이가 뾰족해서 세 살까지 못 걷고 두 손을 바닥에 짚고 엉거주춤 앉았다는 막내 아들. 첫째 딸이 광산에 가서 일해 번 돈으로 비락, 원기소 사

215

먹여서 차차 살이 붙었다고.

할머니는 부모 복도 없고 재산 복도 없고, 다른 복은 다 못 탔는데 일복은 다고났다며 손에서 일을 놓지 않으신다. 아버지가 여자는 길쌈을 잘해야 한다며 삼 삼는 법을 가르쳐서 일곱 살 때부터 삼을 삼았고, 아홉 살 때는 호미 들고 화전밭에 앉아 풀을 맸다고 하신다. 아홉 살에 잡기 시작한 호미를 올해 아흔일곱이 된 지금까지 잡고 계시니 호미는 할머니의 평생 동무라 할 만하다. 마당 앞 감나무에는 감자알만 하게 닳아 버린 호미가 죽 걸려 있다. 할머니는 얼굴도 몸도 아주 작아서, 여름에 깨밭에서 김매는 걸 보면 깨 포기 사이에 푹 묻혀 보이지 않는다. 깻잎 흔들리는 걸 보고서야, 호미질하는 소리를 듣고서야 어디쯤에서 일하는지 짐작할 수 있다.

내가 아홉 살 먹어서 어머이 돌아가셨는데 3월 초하룻날, 어머니 돌아가시고는 몰랐는데 차차 늦봄이 돼서 이웃에 밭가는 소리 들으니 어머이 생각이 나서 눈물이 나더라고. 7월 달인가 어른덜 김매는 데 따러갔는데 배낭그가 크지 뭐. 이런 아람드리. 아주 배낭그 밑에 배가 누렇게 떨어졌는데 그걸 줘다가 사발에 담아서 지청에 올려놓고 그 밑에 엎드려서 얼매나 울었는지. 어머이 배 먹으라고 어머이 배 먹으라고 그러민 그렇게 엎어져 울었어. 우리 할머이가 밥해 주러 왔다가 날 때리민 "이 마할 년아, 애미가 배 먹을 거 같으면 죽니?" 야단치던 기 엊그제 같은데.

아홉 살에 어머니 돌아가시고 그 뒤 새어머니가 들어오셨다. 새어머니는 아버지가 읍내 장 보러 가서 며칠씩 집을 비우면 아이들을 구박했다고 한다. 어렸을 적에는 새어머니 원망을 했지만 나이 들어 생각하니 그런 어머니 심정을 이해하겠다고. 새어머니도 자식이 있었는데 두 번 시집오면서 먼저 있던 자식을 떼어 놓고 왔으니 얼마나 가슴에 맺혔겠냐는 것이다. "밥숟가락 하나 더 놓았으면 되는 걸 왜 에미 자식을 생이별시켰는지, 아버지가 참 어누워서 그랬지" 하신다.

할머니의 남편은 참 술을 좋아했다. 내 어릴 적 기억에도 할머니 집 뒤란에는 언제나 술병이 그득했다. 그때는 엿장수가 리어카를 끌고 산골 동네까지 왔다. 엿장수 가위가 철꺽거릴 때면  나는 빈병이 가득 쌓인 우리 외할머니네 집이 자랑스러웠다. 병 하나하나가 다 엿이나 마찬가지니까. 남편은 한 푼 벌어 오는 법 없이 외상으로 술 마셨고 할머니는 혼자서 남의 집 김매 주고, 품팔이해서 남편 외상값 갚는 게 일이었다. 할머니 말에 따르면 남편 죽고 나니 동네에 술 파는 가게가 없어지더라고 한다.

할머니는 스스로 글자를 배웠다. 어렸을 때는 여자가 글 배우면 시집가서 편지질해서 부모 속상하게 한다고 글을 못 배우게 했다. 그래도 어떻게나 글이 배우고 싶었는지 오라버니가 방에 앉아 글 배우면 등 너머로 이렇게 보다가 부엌 아궁이 앞에 재 긁어내서 이게 '가' 자였지 이게 '나' 자였지, 써 보며 글을 익혔다. 글자는 배웠지만 시부모, 남편 살아 있을 때는 글자 아는 체를 하지 못하고 살았다. 그러다가 남편 죽고, 시어머니 돌아가신 뒤에 드디어 글자를 써 볼 수 있게 되었다. 할머니가 도라지 팔아서 산 공책에 글자를 쓰기 시작한 게 1987년이니, 그때부터 지금까지 꼬박 30년 동안 글자를 썼고, 그렇게 써 온 글자들을 이번에 책으로 묶은 것이다.

할머니가 공책에 쓰는 것은 '일기'나 '글'이 아니라, 그저 '글자'일 뿐이다. "글씨가 삐뚤빼뚤 왜 이렇게 미운지, 아무리 써 봐도 안 느네. 내가 글씨 좀 늘어 볼까 하고 적어 보잖어" 하시며 날마다 글자 연습을 한다. 낮에 일하고 들어오면 땀에 젖은 옷을 빨아 널고 방에 앉아 글자 연습을 하신다. 날씨를 적고 그날 한 일을 적고, 그리고 이제 몇 자 적어 본다로 끝나는 글자들.

할머니는 봄 여름 가을 자연 속에서 일과 함께 산다. 복숭아꽃 피면 호박씨 심고, 꿩이 새끼 칠 때 콩 심고, 뻐꾸기 울기 전에 깨씨 뿌리고, 산벚꽃 필 때 나물하고, 매미 울 때는 김매느라 바쁘고, 깨꽃 떨어질 때 버섯 딴다. 손을 쉬지 않는다. 누군가 일을 좀 쉬엄쉬엄하라 하면 벌컥 화를 낸다. 나이 들어 숨이 차지 어디 일해서 숨이 차냐고, 날마다 곡식들 커 가는 것 보면 귀엽고 사랑스러워 힘든 줄 모른다 하신다.

정성 들여 가꾸고 정성 들여 거둔다. 썩은 콩이나 팥알은 망치로 두드려 깨서 썩은 쪼가리만 버리고 성한 것은 골라 담는다. 멧돼지도 거들떠보지 않는 벌레 먹은 밤을 알뜰히 주워 오신다. 벌레 먹은 자리를 도려내고 도려내서 나중에 쌀알만큼 남은 걸 깎아 말린다. 힘들여 가꾸고 거둔 곡식은 자식들한테 보내고 팔기도 하고 가까운 이웃과 나누기도 하고, 가장 못난 것만 남겨서 할머니가 드신다. 남한테 줄 수 있을 때가 살아 있는 때이고, 행복하다는 것이다.

가까운 사람에게 마음 쓰듯 멀리 사는 사람들에게도 마음을 쓴다. 어느 해 봄에는 강원도 삼척에 큰불이 났다. 삼척 어느 마을이 텔레비전에 나와서는 불에 못자리판이 다 타서 농사지을 일이 막막하다고 한 모양이다. 할머니가 "농사꾼이 볍씨를 못 뿌리니 어떡하나. 우리 집에 안 쓰는 못자리판이 있는데 그걸 그 사람한테 보내야겠는데 주소를 몰라 못 보내잖어. 방송국에 연락을 해서 주소를 알 수는 없을까" 하더니 마을 이장을 찾아갔다. 요즘엔 기계가 달라서 옛날 못자리판은 못 쓴다는 말을 듣고서는 내내 안타까워하셨다.

하루는 장에 갔다 오더니 읍에서는 불난리 만난 사람들한테 줄 옷을 구하고 있더라며 장롱을 열고 옷을 꺼냈다. 며느리가 선물해 준 남방, 아직 한 번밖에 입지 않은 외투, 예쁜 치마, 추리닝, 그리고 편지를 써서 털신 속에 넣더니 모두 모아 보따리에 곱게 쌌다. 그걸 불난리 만난 사람들한테 보내려고 챙기며 "내가 필요 없는 걸 주면 그것도 죄여, 내가 아까워하는 걸 줘야지" 하셨다. 할머니가 털신 속에 넣은 편지글을 그대로 옮겨 본다.

화재본 분들게 머라고 말씀드려야 위로가 될지 모르갯씁니다.

모든 재산이며 집까지 다 화제 보시고 얼마나 고생이 마흐심니까.

저는 송천에 사는 이옥남이옵니다. 텔레비를 보고 넘우 맘이 앞아서 울럿씁니다. 내 맘같에서는 돈이라도 좀 붙애 드리고 싶은대 매사가 부족하니 맘대로 되지 안내요. 그러나 대단차는 의복이라도 보내니 우선 이부시기 바람니다. 신발도 한켤내를 보내니 나는 발이 작아서

신이 작을 것시니 발에 맞는대로 신으시기 바랍니다.

못조록 몸 건강을 빌갯습니다. 이옥남 올림


 짐승이나 작은 벌레도 함부로 하지 않는 마음, 곡식을 가꾸
고 거두는 모습, 이웃에 대한 정성. 내가 찾고 싶고, 우리 아이
들한테 찾아 주고 싶은 삶이다.

 할머니가 오래오래 건강해서 할머니가 연습하는 글자들을
오래오래 읽을 수 있기를 빈다.


2018년 봄

탁동철

아흔일곱 번의 봄여름가을겨울

1판 1쇄  2018년 8월 7일
1판 8쇄  2022년 4월 22일

글쓴이  이옥남
그린이  김효은
펴낸이  조재은
편집  이혜숙 박선주 김명옥
디자인  지노디자인 이승욱 육수정
마케팅  조희정
관리  정영주

펴낸곳  (주)양철북출판사
등록  2001년 11월 21일 제25100-2002-380호
주소  서울시 양산로91 리드원센터 1303호
전화  02-335-6407
팩스  0505-335-6408
전자우편  tindrum@tindrum.co.kr

ISBN  978-89-6372-277-1  03810
값  15,000원

나는 언제나 밭과 같이 세월을 보낸다.
그저 잠만 깨면 밭에 가서 세월을 보내고 이 나이 되도록
이때까지 살아왔다.